我还有一个故乡是北大荒

妙瓜 著

应急管理出版社
·北京·

图书在版编目（CIP）数据

我还有一个故乡是北大荒/妙瓜著.－－北京：应急管理出版社，2024
ISBN 978－7－5237－0562－9

Ⅰ.①我… Ⅱ.①妙… Ⅲ.①诗集—中国—当代 Ⅳ.①I227

中国国家版本馆 CIP 数据核字（2024）第 102900 号

我还有一个故乡是北大荒

著　者	妙　瓜
责任编辑	郑　义
封面设计	青年作家网
出版发行	应急管理出版社（北京市朝阳区芍药居 35 号　100029）
电　话	010－84657898（总编室）　010－84657880（读者服务部）
网　址	www.cciph.com.cn
印　刷	三河市嵩川印刷有限公司
经　销	全国新华书店
开　本	710mm×1000mm $^1/_{16}$　印张　17 $^3/_4$　字数　235 千字
版　次	2024 年 6 月第 1 版　2024 年 6 月第 1 次印刷
社内编号	20230927　　　　　　　　　定价　68.00 元

版权所有　违者必究

本书如有缺页、倒页、脱页等质量问题，本社负责调换，电话:010－84657880

北大荒富锦图集

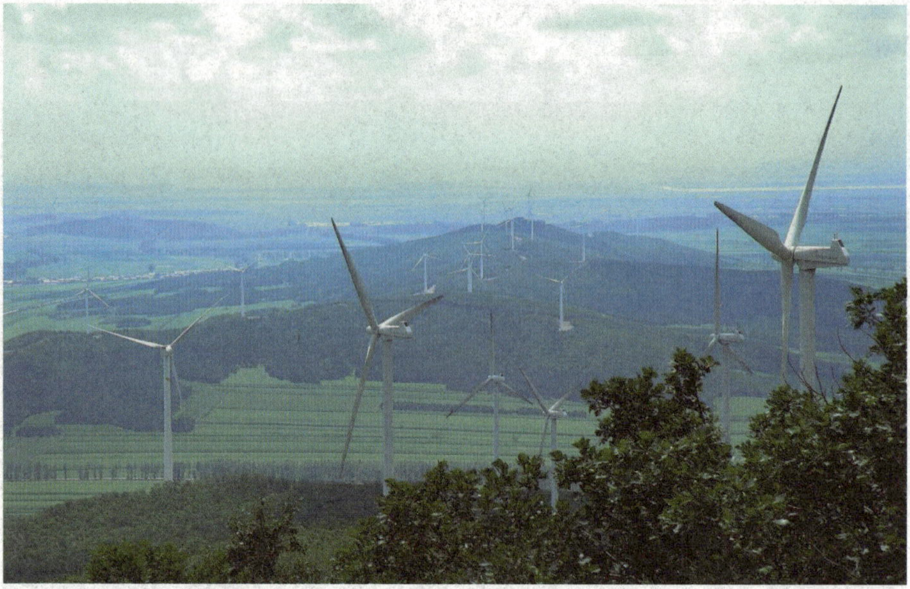

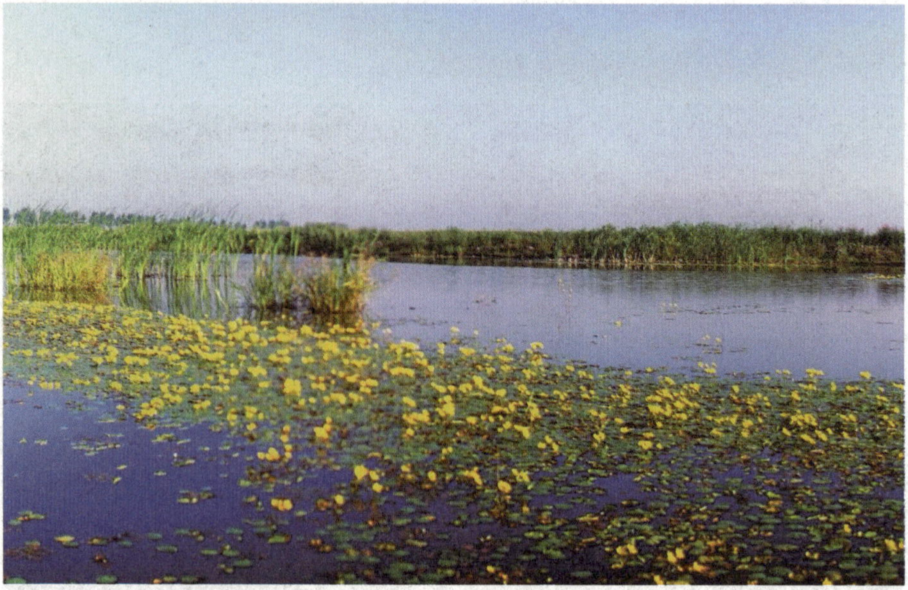

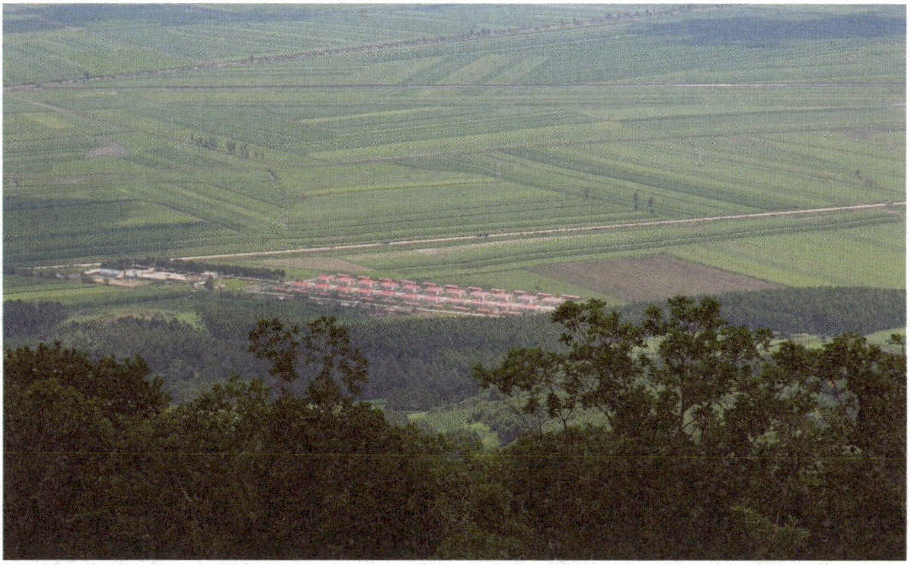

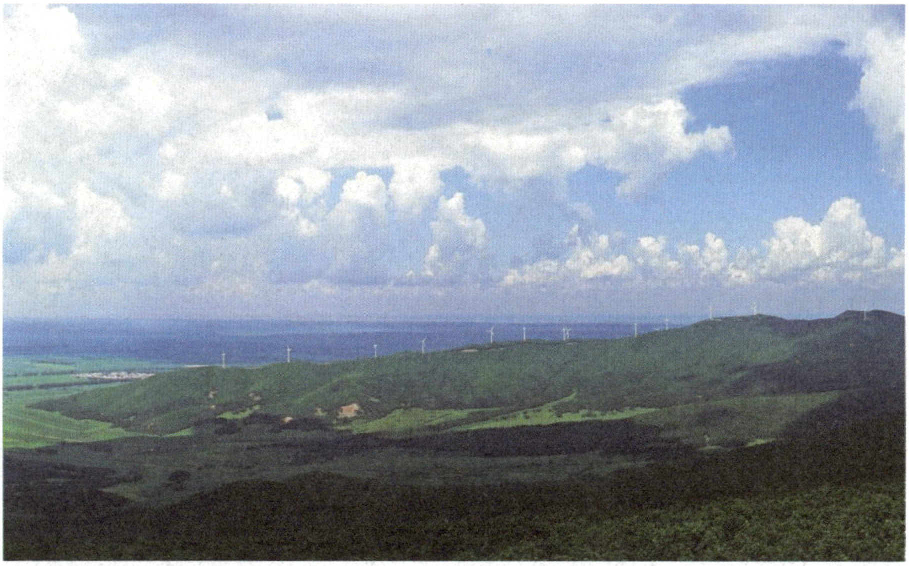

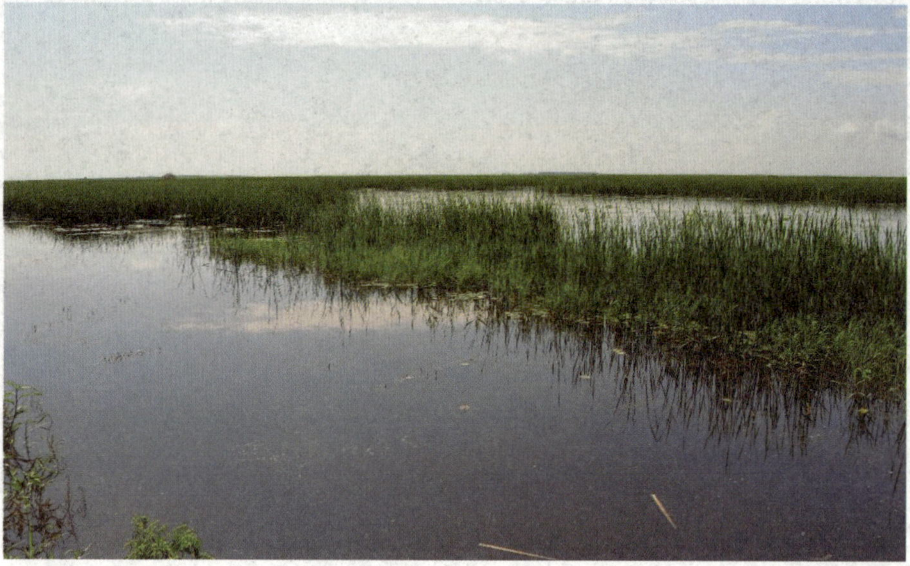

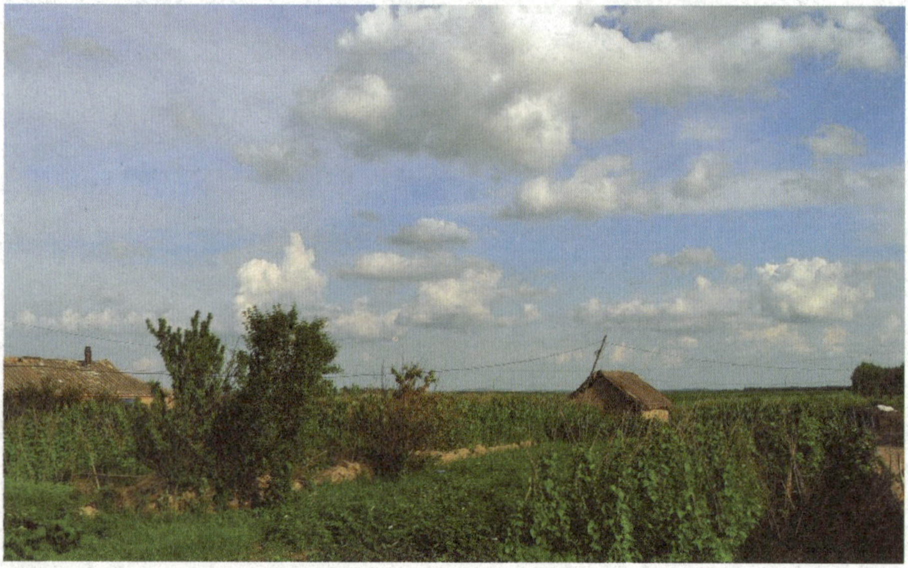

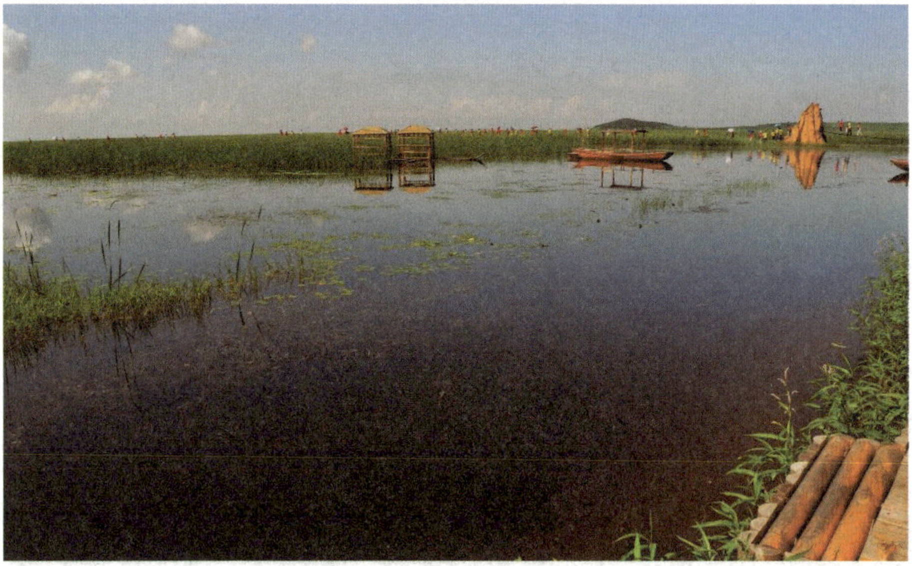

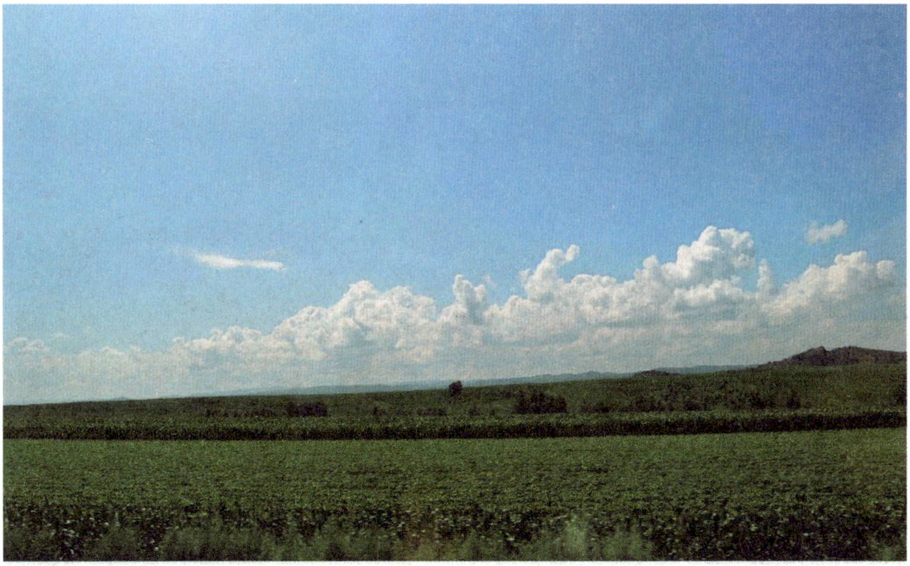

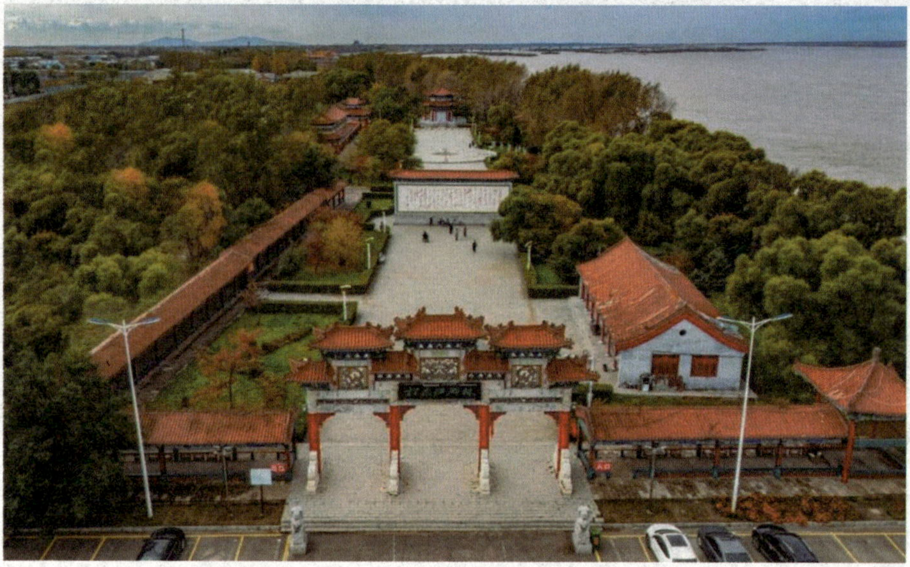

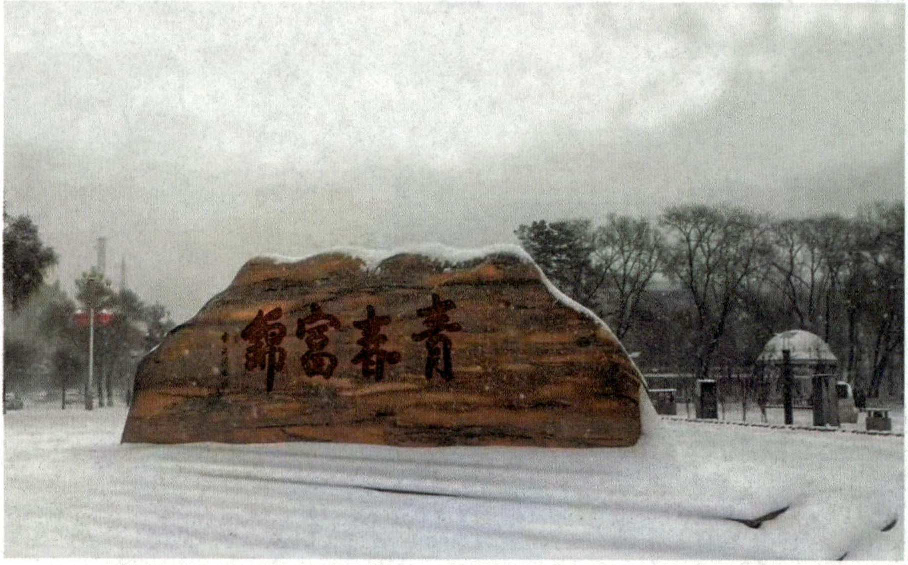
青春富錦

生命的根

——《我还有一个故乡是北大荒》自序

在中华大地的辽阔版图上，每一寸土地都如诗如画，每一片土壤都蕴藏着深情的故事。我的故乡是被誉为天堂的杭州，西湖水波荡漾，龙井茶清香四溢。然而，在我生命的旅途中，还有一个地方像一颗明珠镶嵌在我心灵的深处，那便是北大荒。

十七岁那年，我踏上了北大荒的土地。广袤无垠的黑土地，奔腾不息的松花江以及勤劳、善良的人们，都让我感受到了前所未有的震撼。北大荒，不仅仅是我生活过的地方，更是我精神的家园，灵魂的栖息地。

我生活过的北大荒是位于祖国最东北边陲的富锦县，一片曾经有"棒打狍子瓢舀鱼"美誉的沃土。虽然当年那里还不通铁路，也没有像样的公路，但松花江穿流而过，为这片土地带来了无尽的生机与活力。特别是 1988 年撤县建市后，富锦市的经济和社会发生了翻天覆地的变化，如今已经发展成为全国著名的粮仓，是三江平原上一颗璀璨而耀眼的明珠。这片土地的沧桑巨变，离不开勤劳、智慧的北大荒人民。他们用双手开垦了这片土地，用汗水浇灌了希望。

每当回想起那段时光，我仿佛又回到了那片熟悉的土地。我看到了金黄的麦穗在风中摇曳，听到了青纱帐发出拔节的声响，感受到了黑土地散发的泥土的芬芳。那里，有我青春的足迹，有我奋斗的汗水，有我深深的眷恋。

在北大荒的日子里，我感受到了那里人民的热情与包容，他们的勤劳与智慧。他们教我耕种、收获、在这片土地上生存。他们的笑容，他们的热情，深深地感染了我，让我爱上了这片土地。

因此，我写下这些诗歌时，心中充满了无尽的感慨。我想用文字表达我对那片土地的崇敬，用诗歌抒写我对那段时光的怀念。每一首诗都是我对北大荒的深情告白，都是我对那段美好时光的珍藏。

在这本诗集中，我试图用文字捕捉在北大荒度过的美好瞬间。我描绘了黑土地的广袤与肥沃，松花江的奔腾与浩渺，以及那里人民的勤劳与善良，抒发了对北大荒的思念与眷恋之情，以及对那段时光的怀念与感慨。我希望通过我的诗歌，能够让更多的人了解北大荒、了解富锦市，爱上那片神奇的黑土地。

我于 2023 年出版的诗集《我的故乡是天堂》，专为故乡杭州而写。这次结集出版的诗为纪念北大荒而写，故将诗集取名为《我还有一个故乡是北大荒》，希望与上一本诗集结为姊妹篇。

　　最后，我还想说，无论我走到哪里，无论我身在何方，杭州和北大荒永远是我最深爱的故乡。我会继续用文字表达对它们的热爱和思念，继续为它们的繁荣和发展贡献自己的力量。因为在我心中，它们不仅仅是我的故乡，更是我生命的根和魂。

　　在此，我用一首小诗作为自序的结尾，连同此书一并献给我魂牵梦绕的第二故乡——黑龙江省富锦市，以及那里的父老乡亲。

始于黑土地的梦啊
一直伴着青黍的芳香萦怀
洁白的雪
留不住
青春昂首远去

爆裂的冰排，如心中的激情澎湃
岁月如歌，和鸣着
松花江东去的雄浑与辽阔
音符里
跳跃着我灵魂的寄托

生命的根
已枝繁叶茂
每一片叶的经络上
写满了
深深的眷恋和热爱

妙瓜
2024.4.18 于杭州

目 录

第一辑　遥望另一个故乡

遥望另一个故乡　　　　　　　　2
富锦岁月　　　　　　　　　　　4
曾　经　　　　　　　　　　　　6
水　井　　　　　　　　　　　　8
雪　景　　　　　　　　　　　　10
垦　荒　　　　　　　　　　　　12
那个夜晚　　　　　　　　　　　14
千里之外　　　　　　　　　　　16
致富锦　　　　　　　　　　　　18
居家的日子（二首）　　　　　　20
写在一个特别的日子（五首）　　22
过　客　　　　　　　　　　　　30
腊　八　　　　　　　　　　　　32
荒　烟　　　　　　　　　　　　34
遥　望　　　　　　　　　　　　36
寄　回　　　　　　　　　　　　38

第二辑　月亮是一个圆圆的梦

月　亮　　　　　　　　　　　　42
回故乡　　　　　　　　　　　　44
元宵节下雨（二首）　　　　　　46

篮球（二首）	49
月　光	52
无　眠	54
倒　影	56
弯　月	57
月隐星疏	58
中　秋	59
既　望	61
梦见星河	63
天上的眼睛	65
远方的星空	66
我对云说（二首）	68
湖　畔	71
无　题	72
银　杏	73
钱江夕阳	75
湖畔鸽	76
公园里的舞者	77
小镇印象	78

第三辑　落单的候鸟

落单的候鸟	80
摄　鸟	82
荼蘼不争春	84
窗　外	85
蜜　蜂	86

心　情　　　　　　　　　　88

笼中鸟语　　　　　　　　90

安　宁　　　　　　　　　91

樱　花　　　　　　　　　93

老　树　　　　　　　　　95

黄　昏　　　　　　　　　97

色　彩　　　　　　　　　99

静　　　　　　　　　　100

拾　　　　　　　　　　101

荷　　　　　　　　　　102

那些年，那些天　　　　103

第四辑　柔情托付给雨

柔情托付给雨（七首）　　106

雨中之忆　　　　　　　115

雨中问答　　　　　　　117

雨后天晴　　　　　　　119

雨的心情　　　　　　　121

雨的诗意　　　　　　　122

雨的心愿　　　　　　　124

雨的呢喃　　　　　　　126

倾　诉　　　　　　　　127

多云转晴　　　　　　　128

一滴水的生命　　　　　130

第五辑　生命之河的两岸

生命之河的两岸　　　　　　134

晨拾（六首）　　　　　　　136

小　巷　　　　　　　　　　139

印　记　　　　　　　　　　140

散步（二首）　　　　　　　142

即　景　　　　　　　　　　144

万　籁　　　　　　　　　　145

候　鸟　　　　　　　　　　146

回　眸　　　　　　　　　　147

许仙的伞　　　　　　　　　148

群　聊　　　　　　　　　　149

树下遐想　　　　　　　　　150

小草的视角　　　　　　　　152

夜色初临　　　　　　　　　154

第六辑　我对自己说

我对自己说　　　　　　　　156

致自己　　　　　　　　　　157

时　钟　　　　　　　　　　159

暮　色　　　　　　　　　　160

憧　憬　　　　　　　　　　161

愚人节后想起来　　　　　　163

光与影　　　　　　　　　　165

阳光如瀑	166
写　作	167
母亲节	168
虚　无	169
小年夜	170
除　夕	171
辛丑新年	172
惊蛰次日偶拾	174
胡思乱想	175
明日立秋	177
忘　却	179
出　伏	181
小年夜	183
子　夜	184

第七辑　墙角的梅花开了

墙角的梅花开了	186
黎明前	187
一年的最后一天	188
西湖冬晨	190
冬至随想	192
白堤遐想	193
西湖里的薄冰	195
蓝　天	197
春雪（五首）	198
融	203

春	205
茶	206
风	207
染	208
跋　涉	209

第八辑　春的脚步

春的脚步（七首）	212
九溪春早（十首）	221
铿锵玫瑰	229
立春的阳光	230
春心萌动	231
致敬春天	232
孤　山	233
日　历	235
辞　春	236
听	237

第九辑　知了叫了

知了叫了	240
迎　夏	241
小　满	242
庚子端午	243
立　夏	244
初　晴	245

钓	246
风	247
忆	248
雨　后	249
溪	250
秋　韵	251
桂　缘	252
静　谧	254
爱情鸟	255
循　环	257
风　中	258
我看见	259
天　气	260
观菊展	262
霜　降	263

第一辑　遥望另一个故乡

多少回像候鸟迁徙

哪怕青春如潮水般退去

多少次夜半梦醒

情怀已尘封于空旷的原野

天地苍茫处

绚烂的晨曦总被泪花模糊成一片

遥望另一个故乡

枝上蕾,又吐芳华
恰似当年,意气风发如血脉偾张
年华,就该激情奔涌
穿越长江黄河白山黑水
去冲世俗的枷
去撞荆棘的海

沼泽泛起平静的月光
雪原透出冰冷的寒凉
岁月,将一切浓缩成层叠的云
时光,幻化成一缕风
牵着我的目光
远去,一份燃尽的期冀

松花江一泻千里
终将流出视线所及
但永远流不出狭小的心际
云回眸,闪过一丝忧郁的眼神
风过无痕
却留下无法淡漠的记忆

多少回像候鸟迁徙
哪怕青春如潮水般退去
多少次夜半梦醒
情怀已尘封于空旷的原野

天地苍茫处
绚烂的晨曦总被泪花模糊成一片

人心究竟有多复杂
为什么能藏下这么多的难忘和不舍
一根无形的线在时时牵动
宛如初春
遥看有，近看却无的草色
这遥望，是心在望

富锦岁月

那是一座寓意美好的边城
拥抱着一条四季鲜明
而脾气怪异的大江
春的排江倒海
夏的激流漩涡
秋的平缓开阔
冬的宁静致远

一方富庶之地
一条神秘的河流
在狍子和野鸡的天堂里相遇
在鲟鱼、鳇鱼、大马哈鱼的领地里流连

谁也说不清
她们共度的岁月里
发生过多少伟大或平常的事情

但我记得
留在她们身边的故事
如同经历手臂上
隐约可见的毛细血管
渐渐变成一条条
青筋暴突如蚯蚓的过程

那是
成长的岁月

现在,我可以常坐在
妩媚的西子姑娘身旁
安享阳光、晚风和四季花香
每当夕阳亲吻山脊的那一刻
总不由自主想起那座边城——富锦

那里升起的朝阳
在一条广阔而平坦的地平线上
燃烧并照亮了
一段逆风奔跑的青春年华

曾 经

曾经，在没膝的雪中跋涉
顶着刺骨的寒风逆行
心里充满对南方故乡的向往
那冬天的雨哟
也飘着温暖的诗行

如今，在故乡多情的雨丝里
那白花花的雪
依然还在心里飘扬
那份向往和诗意，何时
换了位置，变了方向

曾经，在那片广袤的土地上
一步一个脚窝，点种，施肥
播下希望
那望不到头的田垄啊
藏着人生的未知和漫长

如今，风抚过额头的雪霜
岁月的纹路在脸上舒展
与垄沟之间
有一条血脉隐隐相连
两个故乡，揣进同一间心房

曾经，在一片金灿灿的收获季
收割，打场，交公粮
在滚烫的生活里摸爬滚打
瞅见太阳从地平线一跃而起
又被大地的另一头吞噬了光亮

如今，我在故乡的一轮明月下
遐想，第二故乡的月光
照着冰河、雪野、白桦林
慢慢于心头
生出一丝回归的渴望

水　井

辘轳的声音打破晨寂

柳罐斗沉重地垂落

溅起无数碎玉

担水，你来我往

嘈杂声中屯子睁开了睡眼

这井，于村头，是一眼甘洌的清泉

老人们说，井下有一条水线

通往龙宫的泉眼

方圆数十里的村落、草甸

唯此，水甜

春播归来

这里是嬉戏的平台

把头埋进柳罐斗里痛饮

姑娘和小伙子们

趁时闹成一片

夏夜，月亮为井台点亮烛光

车老板"吁——"的一声拖得很长

汲水，饮马，微流赴吻

高粱秆儿扎起的篱笆下

虫儿在鸣唱

隆冬，井口冻成圆圆的冰丘
担水的人时常滑翻
老队长挥镐刨出一身汗
开凿数级
可拾级而上的冰阶

昨夜，我又梦见那口井
辘轳架疲惫得发蔫
井壁上斑驳地长出苔藓
水似一面镜子
里面的我，像从前

雪　景

夜雪唰唰地下
世界安静异常
热炕渐渐变凉
被上落下轻霜

天使的白衣裳
覆盖了原野、沟壑、村庄
顺势把马架没入雪冢
又封堵了家家户户的门窗

雄鸡忘了司晨
鹅鸭弯过脖颈把头埋进翅膀
骏马在厩中嘶鸣
亟待踏雪，长鬃飞扬

晨光披着寒衣掠过雪场
人们开始铲雪清场
房顶飘起缕缕炊烟驱散寒凉
狗儿在主人身后汪汪

农家爬犁上堆满了白银
运集于村外那片旷野
无人为此估值
慷慨将其归入冬日的一片苍茫

时间像一匹脱缰的奔马
我总忍不住回头张望
那些洁白的过往
一直储存在时间的银行

垦 荒

一把荒火
顺势燎原
草木呈黑色的灰烬臣服脚下
挽马齐力牵拉
犁杖弓背向前
犁铧豁开荒土的胸膛

两匹马
一副犁具
几位垦荒者
简单的阵容
于蓝天白云下
雕琢一组黑白、立体的木版画廊

一道又一道新垄
明快、凹凸、整齐地延伸
太阳透髓的眼光
在阴刻与阳刻的审视对比中
看见从刻痕里渗出
黑油油的血浆

处女般稚嫩的土地,将接受
人类的首次播种
秋天,她会奉上

金灿灿的大豆
橙黄的苞谷，还有
燃烧着红色火焰的高粱

半个世纪的耕耘
这片荒原、沼泽、湖泊
已成为立体、生态化的北国粮仓
但，北大荒的称谓依旧冠冕
这冕，是这块土地的骄傲
也是那一代垦荒人心中的珍藏

那个夜晚

灯下，我走进沉睡于记忆中的
那个飘着大雪的夜晚
鹅毛轻盈而凌乱地曼舞
蹑手蹑脚地落在门前及窗台

窗玻璃上
冰凌花舒展的快意
在昏黄的灯光下弥漫

绿茵般的炕席上
一片青草地的春天

夜神竖起耳朵
示意四周安静
她想听一听人间的悄悄话

简洁的室内
两个身影和一个刚诞生的小生命
襁褓中响亮的啼哭
幸福的吮吸
及许多生活的琐碎话语

谁的脚步如此粗鲁
院外的积雪嘎吱嘎吱地响

几行深沉的呻吟
循着夜色的微光
消失在飞雪的舞场

从深邃的时光隧道中归来
已是四十年后的冬夜
月色如雪域的寒光闪烁着银白
万家灯火，都不及
那个夜晚
那间陋屋里昏黄的灯光

千里之外

时空有一条看不见的线
系住心
牵住魂
穿越千里之外

岁月不问心事
雪花飘飘的日子
心也一片洁白
天地凝固成一幅脱俗的画卷

流淌过激情的河
面对冷峻的冬季，顿生倦意
钻进冰层的被窝
安静下来

掠过原野的风
没有青纱帐的拔节
没有沉甸甸的谷穗
只好，把无趣的草木吹成柴

一本生活的书
读了一半，心酸想哭
换一本诗集
期望能够读出爱

人心是岁月孕育出的怪胎
给自己拴上绳子
交予思绪
像一只被牵着的羊

行走千里
其实，一直走不出心的方寸间
那些芝麻绿豆的陈年琐事
时时于心底泛成一片海

每一次忆起
犹如百听不厌的情话
虽然，内心不再惊涛骇浪
但那感觉，仍如天籁

致富锦

洁白的雪
像忠实的保护神
帮你掩埋过去的一切
又揭开新页

粗犷的性格
展现了你最真实的本质
靠近你
豪气便不住升腾

你用荒凉的外衣
深藏岁月沉淀的富饶
回到你身边
总备感自身的贫瘠

你用冰封驯服大地
让奔腾的江河归于平静
世上最壮丽的"辟谷"
在于内核酝酿着盎然春意

因为懂你
所以走进你的深处
不经历刺骨寒风
怎能领略你的深刻

无须赞美,你不需要
也不必守望,你不拘泥
无论走到哪里
我都会,心跳与你同频

居家的日子（二首）

——2020年春节，与子女相聚富锦，偶成二首

放 下

居家

读书、上网、煮饭、烧菜

面朝窗外，仰望蓝天

心歇息片刻

放下焦虑

安于当下

当下的生命意义

就是敬畏和尊重

与家人共处

看电视、话家常

外面阳光普照

室内暖意融融

难得一段美好时光

常与外孙女对桌

她看书学习

我敲键盘码字

在同一方小天地里

驰骋各自的梦想

感　觉

纷纷扬扬的雪
漂白了窗外的世界
忆起那年一场大雪
压塌了村头的马架

惊恐的狍子
在没膝的深雪中挣扎
绝望的眼神
透过雪域的寒光

许多年过去了
当人类面对陌生病魔来袭
我又感觉到了
同样的目光

写在一个特别的日子（五首）
——写于杭州知青赴黑龙江富锦市支边五十二周年纪念日

如 果

如果时间是一列高铁

我想买一张五十二年的回程票

去皑皑的雪原

捧一把洁白的雪品咂

如果梦可以预约

我想梦见踏上原野的那一刻

去看一群初生牛犊

在甸子里四顾茫然

如果我是一片云

那就请风送我去那里

化作江南三月的雨

亲吻那块土地

如果时空把一切隔断

我希望心里

仍有一条路可以通达

重拾那段似懂非懂的年华

如果这不是奢望

我想重新感受化冻的泥泞
倾听黑土裸露的欣喜
闻丁香花扑鼻的芬芳

松花江用半年的等待
迎接排山倒海的冰排
我用穿越时光的思念
串起昨天和今天

最好的纪念

有时候问自己
为什么在这个日子里
总生出一种别样的情感
是难以忘怀，还是耿耿于怀
或者兼而有之

岁月走了，我们还在回看
怀旧的情结油然而生
苦难从来不值得赞美
但注入感情的事情
会有生命

人生之妙在于

历经沧桑
童心依旧在讲述
美好的寓言

虫儿于惊蛰醒来
爬上地面
终于看到细雨蒙蒙下
一个春天到来

青葱到白首不过一瞬间
谁都无力控制进程
但都想留住
最初那份简单而纯洁的出发点

找一个没人打扰的地方
默坐，冥想
遇见初心，便是造化
心安，是最好的纪念

甜蜜的

理想是甜蜜的
蜂儿为此筑巢
在梦想支离破碎之前

有没有一种办法
把过去的一切美好
都渍成蜜饯

生活是甜蜜的
虽然不乏一地鸡毛
先把自己
埋葬在虚伪里
等待
开出一朵艳丽的花

爱情是甜蜜的
像依偎在妈妈的怀抱一样
永远不要长大
婵娟守着孤月寂寞
而月光
却自顾在地球上抒情

人生，怎么会有那么多的
甜蜜，还附赠
一头白银
岁月的神来之笔
所有颜色，都着墨在
一个预设的画框里

望 乡

我的望乡
不是故乡，也不是他乡
而是
一段从青丝到白发的漫长时光

那时
丰茂的水草把沼泽点亮
棒打狍子瓢舀鱼的传说名扬天下
化冻的黑土冒着肥沃的油花

我播种初心，等待发芽
黄昏的余晖
把我的身影越拉越长，尔后
消失于一片苍凉

心里存储着一个私密文件夹
珍藏着
北大荒汉子的豪爽粗犷
房东大娘的慈祥
少女眸子里转动的刹那

也记录下
第一次融入边城的生活
在唯一的一条由块石砌成的主街上

满怀喜悦地徜徉

松花江夏日绚丽如虹的晚霞
浑厚、雄壮的船笛于风中回荡
渔舟在波光里轻轻摇晃
一颗少年心
即被这诗情画意般的浪漫迷醉
把回家的念头丢弃一旁

这一醉
便是"朝如青丝暮成雪"的流霞
有闪烁的星光可以仰望
夜,不算漫长

现在和过去
那些时光和那个地方
一直交错在心路上
无数次隔着时空
把影像重塑、回放
不知道该怎样去诠释
回不去的"乡"
是地理概念
还是
生命中沉甸甸的遥望

回 首

我有过崇高的理想
面朝黑土播种
顶风冒雪收割
收获了一脸迷惘

我有过坚定的信仰
满怀激情做事
刚正不阿做人
却有了更多的彷徨

我有过自己的底线
多少事
就算遂了心愿又如何
否则，岂有今日的心安

希望与现实
不是一条平行线
始终并行的
是庄稼地里笔直或弯曲的垄沟

但，我终于收获了
心灵的自由
所有追寻、纠结过的
在这里归于平静

再回首
看到束缚或藩篱
都源自心底的怯懦
我不再毫无意义地流浪

过　客

我的生命里有许多过客
有人说都是前世的缘
缘的深浅
决定了交集的厚薄

同理
我也是别人生命里的过客
无论别人喜不喜欢
都要在谁的身边留驻

有时候
多么希望自己是一粒尘埃
微小到谁也看不见
隐匿于空中自由自在

一直深信不疑
每天，都是新的一天
随着无数个新的开始和结束
坚定而执着地往复

忽然有一天
头上落满了雪
记忆里闪过无数个片段
沉思、唏嘘，把片段埋进归宿

生命就是一场经过的艺术
我留不住过往的瞬间
也没谁,要留住我
自己也成了自己的过客

腊 八

今天是腊八
我下意识地摸了摸下巴
曾经被冻得说不出话
风带着刺骨的针扎

一碗腊八粥
盛满了星星和月亮
心在一片深邃的海里被照亮
白云朵朵憩息于地上

想象力被冻僵
微弱的一丁点儿希望
爬上开满冰凌花的玻璃窗
哈出一小块透明向外窥望

冰凌花的形状
是一副爻卦
藏着玄机，可以无限变化
能读懂的，只有一碗粥的清香

人生的爻卦涂满了岁月的五颜六色
漫步在这个叫故乡的城市里
与那碗不是故乡的腊八粥相遇
能读懂的，就是小猫咬着尾巴在转圈子

阳光像没有边际的瀑布

楼宇像人造森林

心如脱缰野马

腊八节，忽然长出翅膀

荒 烟

前半生垦荒
荒火烧熟一片荒凉
播种，除草，收割
夜晚睡得很香
想家的时候
一盏油灯到天亮

冬天来了
大地穿上厚厚的羊皮袄
我们蜷缩在土炕上
吹牛，吸烟，喝酒，醉卧
乌烟瘴气
练就百毒不侵的肺

失意的人生
如冰冻的荒野
麻木
有时候是人生的避难所
清醒的长夜
似乎也无更多的梦可做

余生，蜗居在市井
高楼林立
车水马龙

心里仍飘着一缕荒火的余烟

当年的野草

已衍生出一片草甸

经历过漫漫人生

但不一定明了生命

经历时

有难捱的漫长

要用尽余生时光

天际万里无云

如一张透明的纸

岁月写下的一切

俱被风吹散

生命，看上去都是空洞的躯壳

云霞，时隐时现

若不喜欢观赏化妆剧

也戴不惯面具

就选择远离

一杯清茶，几盏淡酒

有书有花伴闲暇

一缕荒烟再配上一片湛蓝的念想

遥 望

遥望
是一阵清风
划过卑微的草尖
掠过茂密的树枝
吻过烈日下的原野
穿过水泥浇筑的森林

遥望
是被风系着的魂魄
呼啸着在山谷里游荡
在一池水或一片海上激起浪花
如痴随风，如醉随心
只记得向前，不问归途

遥望
可以被山川隔断
可以被时空屏蔽
可以被任何超越自己的力量梗阻
但，总有一条看不见的波线
与心相连

遥望
随早晨的第一缕阳光
只要拉开窗帘

如流水般轻盈的步履

温柔地

走进心里

寄 回

四月如一阵风
从盎然的春意里掠过
矜持的时花随风而去
撇下月季独自在街心或路边摇曳

天气不再顾及人们的情绪
时而睁眼时而睥睨
乘人不备再突袭一场
扫兴的雨

鸟儿藏进蓬勃的新绿
亮开嗓子一比高低
不再颂扬炫目的芳菲
开始颂唱五月殷红的血气

而另一个故乡的春天才开启
白桦林吹响春风的哨音
冰封的河流刚刚苏醒
大地捯饬起播种的事情

在这个四月将尽的春日
我把回顾和牵挂
放进诗的心扉
托风把它寄回

同时，也把这里的春天
一并捎去
向五月的黑土地
捧出一份炽热的心迹

第二辑　月亮是一个圆圆的梦

月亮是一个圆圆的梦
最圆的时候
我都在梦乡
做着一样圆的梦

月　亮

月亮是一个圆圆的梦
最圆的时候
我都在梦乡
做着一样圆的梦

有一天
孙女伸手把它摘下
千里迢迢寄给我
我把它捂在心上

月是故乡明
人有思乡情
曾经，身在他乡思故乡
而今，梦里都是第二故乡

洁白的雪
映着皎洁的月
每一缕思念
都化作一朵冰凌花

缄默的松花江
将激情藏于冰层下
冻不住的岁月
依然走得不慌不忙

思念不能冷藏

那就任其生长

或随漫天飞雪舞扬

或继续于黑土地里滋养

一生的喧哗

不如月的沉思默想

曾经的北大荒

是人生最真实的开场

那轮月

已在心中捂出热量

择夜把它挂在树梢上

也温暖一下龙江老乡

回故乡

我是一缕远方的风
游子的心
故乡的明月
在昨夜的梦里畅想

湛蓝的天上
我是一片归来的云
阅尽沧桑的眸子
深情地俯瞰脚下

青山碧水里
我是一抹浅浅的草色
迅即湮没于
莺飞草长的葱翠

故里
飘荡着一些碎片化记忆
少年意气
常在梦里呓语

曾流连于一片广袤而久久驻足
黑色的土地翻滚出金色的稻菽
晚风吹来思乡的心动
随云,看落日余晖

尽管是迟来的
也要感恩命运的惠泽
慷慨赐我还乡
圆一个落叶归根的梦

不必叹息,人生就是
继续梦你的希望
哪怕宿命一次次
把你拽回遍体鳞伤的现实

若有星光,何惧长夜
人生的夕阳,凭心情编码
把心扉打开
静待故乡的晚霞

元宵节下雨（二首）

——庚子年元宵节下雨，无月。次日又雨，上网浏览到一幅五色元宵彩图，遂写小诗二首以补无月之憾。

（一）

春雨温柔地抚过脸颊
心跳得异常
一种莫名的感觉
似少年唱着《十五的月亮》

水的氤氲
山的朦胧
都是被春雨撩拨后
集体坠入了早恋的情场

灌木在路灯下炫耀新装
花儿不露声色地萌芽
梧桐枝上悬着枯叶
一滴泪在冥想

打伞的路人，将自己
罩在影子下
燕子飞进檐下，去祈祷
初霁的晴光

雨藏起了月亮
我对此并无多少失望
因为，那轮月
已回味在舌尖上

（二）

昨晚吞下去的月亮
在胃里发酵
一夜辗转反侧
似无眠
却有很多梦

梦总是漫不经心地翻阅从前
让你梦见想不到的人
或者，一些忘掉的事
梦的记性真好

醒来，想记下来
却想不起来了
沉思良久，蓦然醒悟
梦里的事还须到梦里去觅

窗外天色

泪痕未干
十六的月亮不便谋面
寻一碗五色的汤圆
夜里好做个五色的梦

篮球（二首）

——辛丑年上元节，诸友聊起富锦球场往事，与圆月同样圆的篮球，曾给富锦人民带来不少欢腾时刻。

（一）

篮球不是蓝色的
像月亮一样圆的球
在你的眼里
还是无数条不等线

直线，弧线，折线
平行，上行，下行
球是线的拉伸器
疾驶的速度加上出其不意

几条线的神奇组合
迎来"嚓"的一声，很轻
球应声落网后的欢呼
响彻全场

说你是明星
那个年代不时兴这样称呼
说你是魔术师
那时约翰逊还未入选湖人队

世界上最伟大的球星
都习惯于灯光球场上表演
而最美的球场
简陋而袒露在苍穹下

每一个跳投的弧线
像流星划过蓝天
月亮落进篮筐
那瞬间，至今还在心里惊艳

（二）
篮筐是个圈套
遇到了挫败圈套的高手
掌声响起时
精彩在观众心里定格

低位，高位，策应
分球，突破，远投
每一次兔起鹘落的出其不意
都成为那个年代球场上的传奇

轻舒猿臂的英姿
闪转腾挪的灵活
酷得姑娘们都忘了羞涩
伸手直夸：盖了帽了[8]

---

[8]盖了帽了，东北方言，意为棒极了。

尽管没有像样的灯光球场
"粉丝"却多得挤不下
爬满四周房顶，直至压塌
有你在场，球总飞往胜利的方向

每一次出手都神出鬼没
对手防不胜防
每一次进攻都穿插迂回
起跳直接投篮

起跳，抬肘，压腕
行云流水般流畅
过目难忘，你是
富锦球场上霸气的王

月 光

一双银白色温存的手
伸进我的梦乡
而我的魂魄
扑进一片自由无垠的空旷
肆意流浪。那一地光
被树摇成碎花

我无视城市里无处不在的
月季和山茶
它们四季都开着花
春天走着猫步光着脚丫
悄无声息
跃上枝头眺望

绽开的红梅一言不发
成功俘虏了我的目光
月光向我诉说它的愿望
希望将一切雪藏
所以，我披上银袍
走进一幅画

在一片销魂的目光注视下
我踏着流银的小径
穿越了时光

瞬间，温暖的记忆
如潮水一样涌进心窗
再也关不上

无 眠

今夜无眠
依床独坐，思绪成海
窗外缱绻着淅淅沥沥的雨声
那声音是这个季节水乡的标配
虽然，透着些许凉意
与万物两情相悦

日子像连绵的雨水一样流个不停
月桂的淡香湮于烟雨
想起午后那条石径
海棠泪跌成满地碎粉
雨丝漫不经心地笑笑
此刻，它代表天意
而海棠花，选择坦然接受

无眠是一把钥匙
不知不觉把心锁打开
还有这雨
也是打开这扇门的推手
很多事，如山茶花
花朵可以四季常开
而花瓣，只一片一片地凋谢

无序的思绪

穿过漫长的夜

聆听每一滴雨的絮言

乍暖还寒时节

草木的感知

也和人类一样

燃着希望

倒　影

山枕着一轮夕阳睡去
月儿在天边凝望
湖将它们痴痴的样子
摄入怀中的镜子

我坐在树下
看柳枝打捞水中的影子
不敢去打扰
沉溺于眼前，精美绝伦

世间事
有多少是徒劳
露珠一夜的修行，只为
在晨叶上闪烁片刻晶莹

也许有人已经沮丧
而我还是喜欢
在这面宁静的镜子里
编织一些梦想

弯　月

月如水
银河
正在发生　潮汐

一叶白帆
在雪涛珠浪上
弄潮

灯火与山影
在水下　安静地
睡着了

我听见
鸳鸯　在夜色里
说着悄悄话

水暖了
春心
止不住荡漾

月隐星疏

沉默的云幕
为夜空做了一个昏暗的注解
城市的灯光,不甘寂寞地码着
关于今夜的文字

月亮不是隐匿,而是
去了一个更为宜居之地
星辰皆有默契
集体追随而去

我常独自一人
读这些谜一样的天书
天机或禅意
于心底翻来覆去

夜和着梅轻微的鼾声
拍打着时间流逝的节奏
蕨类植物于暗地里悄悄卷起叶角
平静地为天明积攒伸展的力量

月隐星疏的暗色里隐藏着许多秘密
我不能了解全部,但至少
读懂了明澈清晨的前奏
还有,一丝入夏的味道

中 秋

小时候，一块月饼
胜过许多幸福的向往
没有愁肠
只有，回味无穷在舌尖上

今夜，无限相思半空悬
愁绪似水
独坐，遥望，默想
弱躯不堪秋凉

一个无关风月的心结
归去来兮，亲人和故乡
多少话，埋心里
默对自己讲

树上缀满青涩的香檬
周边闪烁着人间灯火
苍穹有数不清的眼睛
躲在月宫后窥望

月亮在天上
用白银堆砌圆满
人间的许多不圆满
已陈旧得泛黄

我还有一个故乡是北大荒

　　一个人的中秋夜
　　如家徒四壁的苍凉
　　空落落的惆怅
　　无处安放

既　望

彩云不追，众星不捧
我举万家灯火相迎
十五的月亮十六圆
但我，只是等你来
圆与不圆
等你来

好想见一见你的笑脸
你一笑
我想起了童年
那些月光下的故事
以及，天真烂漫的憧憬
禁不住笑出声来

还认得我吗
那个曾被你
抚过头顶的少年
在荒凉的夜里
望着你遐想，然后
转身走进生活的尘埃

今晚，我镀上你的白银
于芸芸众生中
很容易被一眼瞥见

我还有一个故乡是北大荒

无论你看没看见
我看见你笑了
明天，是天高云淡的好天气

梦见星河

夜晚，我去游历星河
骑一匹四蹄生风的乌骓踏云
与黑夜同行
穿过没有光的深穹

星辰的队伍望不到尽头
壮观胜似群体迁徙的非洲野牛
它们运动的引力
是否来自一个看不见的共源

无须护照，也不必签证
穿越星际的旅行像胜利者的偷渡
我不冒犯它们
它们也不难为我

星星的灯会有很多灯谜
充满玄机，扑朔迷离
它们互猜
也不拒绝我去猜

一直以为
每个人都有一颗属于自己的星星
当浩瀚吞噬了渺小
我唯有自嘲

清晨，阳光穿透窗帘
星河里一粒光
足以把地球照亮
我想，不该辜负每一道晨光

天上的眼睛

天上闪烁的星河里
我看到许多明亮的眼睛
会说话的眸子
都有销魂的柔情

街巷四坊，灯火如昼
霓虹胜似星河
然寻不见一双眼中的
顾盼流萤

星星之间的对视
是宇宙中的眉目传情
人类的抒情
算不算自作多情

无论哪双眼睛
投来温柔的一瞥，我都漠然
只为天上惊鸿一掠
默默遁于流影

远方的星空

今夜无眠
夜空没有一颗星星
但,远方一定有
我在心里正与它们说话

夜空是时间的过滤器
沉淀的萤火虫
一闪一闪的
不过是生命的余暇

消逝的风轻轻吹回来
回忆之帆乘势张开
失眠的船驶过一津又一埠
时间已把曾经的荆棘铺满了鲜花

远方夜空里
星星每一次眨眼
心里也会共振一次
踏着一支舞的节奏

松花江封冻了
白天鹅在天空盘旋
抖落羽毛
大地披上洁白的裘褂

人心是一个可伸缩的容器

可如夜空般无垠

若有一丝惆怅

请趁着夜色放下

我对云说（二首）

（一）

我对云说
你是浪漫的雨
是遮阳的伞
是流浪的心情
是对挣脱羁绊的向往
是穹顶一道飘忽的风景

你充满爱意的眼睛
在深情地注视
我的心思
你看得一清二楚
却沉默不语
一副深藏不露的世故

你是我心中
云想衣裳花想容的美好
云自无心水自闲的轻松
孤云独去闲的优雅
坐看云起时的闲趣
除却巫山不是云的独钟

其实，我也是一片"云"

你在天上飘，我在地上行

我们的最大相同处

就是梦幻般的变化

痴迷你太久

在梦里相约去飘逸

梦醒之后

我仿佛是一朵归来的云

（二）

喜欢看西湖上空的云

像白发老者打坐

身后藏着神秘的故事

叙述缓缓

慢得察觉不到

又美到窒息

你是天生的变脸大师

喜欢直抒胸臆

今晚，暮云有点莫测

在薄薄的轻纱里

隐着谜语

任人猜

其实你怎么变

人们都能察觉到
脸谱后已流露出一丝
无法掩饰的真相
你的表情符号里
渗出落日的金晖

我望着云遐想
为什么它们悠闲
飘着古风诗韵
骨子里一定刻着甲骨文

云，或许在撰写地球的史记
初生和繁衍
毁灭与荒芜
重生与更新

湖　畔

昨夜冷雨打芭蕉音犹绕
今晨桂香盈盈来问早
眼瞅着一片黄叶轻盈落下
但这不重要

明暗层叠的云像定格的波涛
它们的涌现
是否源自一次遥远的海啸
余光极力营造气氛

留鸟悠闲地在湖中嬉戏
海鸥飞过云霄
惊叹道——
三面青山，一池水好

远山一直没有走远
西湖是双峰东边的一颗玛瑙
世事沧桑，时代变迁
唯这泓碧水千年不老

心中的浣纱女
永远妩媚年少
风抚过
脸上又浮起浅浅的笑

无 题

阳光从寒冷的指缝中
倾泻而下
在水面、屋顶、玻璃
以及一切可以折射的地方
闪耀着冰冷的光
黯淡的天色复又点亮

寒风凛凛
无所畏惧地一往无前
为来春清理污秽,顺势
一瞥
芸芸众生相
尽览无余

柔情,是千古的伤心种子
冬季深谙其理,于是
毫不吝啬其刺骨的刀锋
雕刻春花
新的一年的成长
便在心里发芽

银　杏

你像摇钱树

摇落一地金黄

风吹过，脚踩过，车碾过

沙沙作响

是诉说冬日的凄凉

还是，炫耀金灿灿的光亮

秋，悄悄地走了

掳走了桂香

却不敢掳取你的杏黄

你高贵的颜色

是皇家的旌旗

是天边撷来的一抹惊艳

你迎风轻曳簇簇金黄

与梧桐的残叶相望

绚烂的模样里

岁月的风骨优雅

繁华落尽，花归去

薄凉初始，叶登场

寒风里

你是耀眼的旗

用苍凉的美

诵豪壮的诗

给清寒添一道暖景

温润在心

飘落时

你是岁月的精魂

千般风韵

万种情愫

无声,却落在人的心上

赞美与惋惜,令人生痴

无言,是你一生的禅境

从嫩绿到金黄

从绚烂到凋落

生命在不断告别

于貌似衰老的进程里

无声,酝酿着新生

钱江夕阳

夕阳在山脊遥望
余晖在江上徜徉
与熠熠江水，酝酿出一个
溢彩流金的钱塘

暮霭影长
青山镶进一幅印象派的画作
摄下靓影，想告诉你
我，也在余晖下

此刻，你如安详的老人
收敛所有的轻狂
缓缓流向海洋
不想念风，也无须浪

我的生命里
也有一条河在流淌
那是时光的河
翻腾着岁月的浪

河的源头
是开满荷花的池塘
汇聚成河时
看到美丽的晚霞

湖畔鸽

这里是人间天堂
也是鸽子的欢乐场
一群洁白的身影
成天在此游荡

树上可以栖息
树下有食可觅
请原谅不再去追逐蓝天
体胖已不宜翱翔

放弃翱翔的代价
换取安逸的生活
并且
演绎成一道美丽的风景

一切都合情合理
但潜意识里
那蓝天，白云，残存的岁月里
我已提前离席

公园里的舞者

生活本身就是一场舞蹈
不一定用肢体
可以用心、用爱、用快乐
舞动自己的韵律

岁月是广阔的舞台
四季变换的背景
风雷雨雪的伴奏
都可催生积极乐观的力量

最快乐的舞台
是夕阳下的激情澎湃
尽管有风摇枯木的萧索
也有霜凋万物的苍凉

只要心怀温暖
瑟瑟湖风也无寒意
夕阳的血色
照样装扮着蓝天

虔诚是舞蹈的起源
初心与艺术无关
那是从心底蹦出来的快乐
现在被当作长寿的秘诀

小镇印象

轻轨驶过臂弯
小镇从似睡非睡中醒来
梦幻中的某个机缘
似乎就是现在

交叉延伸的街道
如双向奔赴的热恋
鳞次栉比的铺面
期盼有繁华的故事装点

游客悠闲地踱进去
几位笑容满面迎上来
周边林立的楼宇
静观兜售的雷同片段

庄严的大楼前
空旷的广场可以盛下许多遗憾
一段老街露出的美感
像一张被遗忘的旧照片

燕子欢快地飞过树下
寻找曾经栖身的屋檐
它缺乏时代感
偶尔发表几声费解的呢喃

第三辑　落单的候鸟

追赶初升的一道光
阅尽西沉的一线霞
……
叱咤风雨雷电的一双翅
无畏的一颗心

落单的候鸟

温暖是你南飞的风向标
故乡是你北归的目的地
一生坚持
矢志不渝

追赶初升的一道光
阅尽西沉的一线霞
一路风景
过眼烟云

叱咤风雨雷电的一双翅
无畏的一颗心
穿越漫漫长夜的黑暗
把闲云抛在后边

于心里长出翅膀
甘做一只落单的候鸟
奋力追寻
落后，但不迷失方向

梦里北飞的雁
渴望那条广阔的地平线
现实中南归的鸥
在出生地搜寻落脚点

更愿做一只翱翔的鹰
驾驭狂乱的风
年华垂暮犹离索
雄心未泯

摄 鸟

他们在等
等待一场惊心动魄的捕捉
等待一只只自投罗网的鸟儿
钻进预设的快门

捕捉不同于杀戮
毋须刀光剑影
三脚架构起工事
稳定提升了瞄准的精度

他们是动作优雅的捕捉者
有图片为证
与其说在拍鸟
不如说在拍故事

有些故事
藏在心中很久
难以表达最佳效果
摄影定格成最直观的图画

机警的鸟儿
早已洞察摄鸟人的诡计
熟悉他们的套路
懂得选择最佳时机和最佳动作出场

用等待吊足等待者的胃口
是它们的伎俩
不急,在绿荫构成的私密空间里
先互表一下爱意

荼蘼不争春

每年，春的气息
裹在早春二月凛冽的风中
虽寒意料峭，但
春心止不住地萌动

今年，春的气息
带来了
报春鸟动人的啼叫

大地已复苏
桃红柳绿，春风十里
怎奈，人的心里
总抹不去悲怆的寒意

傍晚的一场雨
浇灭了刚萌生的撩人春意
但，一声春雷
已在心里产生共鸣

窗 外

清晨，不及开窗
小鸟便亮起嗓子
悦耳啼鸣穿透窗棂

自由的鸟儿
并不理解蜗居的我
它们不停地抱怨
这个春天实在太冷清
不厌其烦地催唤
请出来吧
沐浴阳光，享受春天

太阳噙着一脸友善的笑意
温暖迅即溢满空旷的街市
人类从不拒绝春天
春天就在窗外
我却宅在家里

花儿在阳光里翩翩起舞
谁去欣赏她的美姿
孕育了一冬的绽放

蜜　蜂

上苍赐我美丽的词汇
倏然跃进尚未写下的诗行
蜂儿嘤嘤
抢先溅落在
一笺可渲染开去的纸上
一朵有音乐的花

情不自禁地想，蜜蜂
是怀着怎样的心情
扑进梅花怀里的
花当然很高兴，灿烂挂在脸上
柔情蜜意的吻痕
印在蜂儿身上

花是燃烧的火
蜂是扑火的蛾
我仿佛是一个见证者
见证了
抱薪赴火的毅然
拈花留情的双赢

蜜蜂行走于花蕊
酿造了甜蜜的生活
我历尽山河

踽踽独行
每一天都不想被辜负
结果辜负了一生

心 情

昨日响起了雷
今天看见燕子轻盈地飞
蜻蜓了无踪影
水面没有可以歇脚的荷尖

春分如期而至，但
缺少一点明媚的春色
一段多雨的时节
太阳去另一个地方晒脸

鸬鹚在水面扑棱了一下翅膀
溅起些许水花
长喙随目光搜索
不放过每一点可果腹的美餐

我沿着湖岸行走
无心踏春，也非闲暇
而是去赴一场久违的聚会
把心念的空白填满

生活是枯黄色的田
还没走出凋敝的冬眠
我盼望用美丽的春色装点
只不过天色总是遮遮掩掩

缠缠绵绵的雨

被风吹远

我们的相聚，如燕子归来

邂逅一个美好的春天

笼中鸟语

天生一对好翅膀
还有一副好嗓子
但，一个精致的笼子
改变了生命的原义

飞翔和歌唱
是天堂里自由的故事
广阔的天空
是可望不可即的梦

每天重复着几句
乞食的献媚
泣血的声音只要足够悦耳
也会引来欣赏的目光

麻木，连同牢笼
一起挂上春意萌发的枝头
似在警示——
停滞飞翔或徘徊的同类

安　宁

梅花点亮春风
玫瑰色的晨曦晕红了天空
倒春寒钻进时光的缝隙
欢快的泉
唱着叮咚的歌
流过河床，睡眼惺忪

卵石活动了一下水汪汪的眼瞳
醒来的，还有
晨光中伸着懒腰的梧桐
对镜梳理的杨柳
它们身上颤动着鸟儿的嬉笑
鸳鸯的神态写满了矜持之容

盛开的云，洁白的兰
风儿羞涩地吹奏催春的笛音
远山烟波，阳光温柔
新的一天的许多故事
俱在这安宁的晨光中
轻描淡写地开始

此刻，地球的另一端
炮声隆隆
家园顷刻变成砾冢

我想，是否该为不幸的灵魂
点亮一盏
指引来世的灯笼

此刻，身在华夏的庆幸
如潮水般于心底翻涌
请珍惜，这来之不易的安宁
眼前越过寒冬的绿茵
请勿以任何理由
蹂躏它的春梦

樱　花

这树开了，那树落了
这朵开了，那朵落了
用一场花雨诠释
绽放与凋谢的生命含义
有人欣赏
有人叹息

一树樱花的张扬
构不成一个春天
一场花雨演绎的时间不会太长
但春天
不会有无花的寂寞
何况，新绿不再缄默

哪一种青春不是一场花雨
区别在于缤纷的心情
你快乐
落英就是翩翩的彩蝶
你执着
青春即是一支魅力四射的艳舞

时间只顾埋头赶路
前面还有一场接一场的花事
这葬花的沉郁

还是留给多愁善感的人去伤怀
在温和的春光里
我尽情欣赏养眼的暖色

老 树

一株遍体鳞伤的老树
叶子是从心底冒出来的倔强
感恩风的抚慰
沧桑融化在雨的柔情里
四野的鲜花已渐次绽放
眼里噙着泪花

公园，街角，河边斜坡上
新柳不知不觉翻起了绿浪
睡眼惺忪的草坪
被谁踩躏出脚印几行
小鸟在枝头啾啾地聒噪
扣动年轻的心跳

常与自己较劲
为一朵小花，一叶新芽
激情潮水般从心底泉涌
忘却年轮
回到初阳浅照的春野
由晓色迷蒙渐成晴空万里

那一瞬间
可以枯木逢春
在远远叠加的柳色掩映里

在悄然而至的万紫千红中
一切都返老还童
那时年少春衫薄

海棠花浅浅地笑了
桃花的脸淡淡地红了
阳光写下美丽的影子
风儿讲起另一个有趣的故事
老树摇一摇叶子遮住皱纹
一起加入大自然的吟诵

黄 昏

晚晴，夕阳缺席
一抹灰白在山脊最后凝眸
杨柳依依，波光粼粼

船倒映水中
与我，那么相近

风，卸下负累
深情地吻过大地
掳走一天的烦忧，远去

水禽用翅膀，抖起水中花
心绪，自由飞扬

没有绚丽的晚霞
湖光山色，露出黑白底色
黄昏似岁月一样苍茫

请别简单地以为
少了夕阳，便是黄昏的缺憾

在单调的原色里我们追求多彩
而多彩时我们渴望回到原色
梦想与偏执，一直交织

陷入黄昏色彩的解读，是因为
霞光满天是唯一的慰藉

色 彩

在阴晴不定的天空
云也是一片不明朗的飘浮物
光线并不透明的背景，不影响
一个早晨，或一天
从身边不经意流过

青草醉了一地，袒露肚皮
酢浆草醒了，浅浅的羞颜
栀子乳黄色的馨香
缀于灌丛
依偎在百合花身旁

瓢虫穿着花衣裳
并无登上 T 台的渴望
所以，刚刚婉拒了花蝶的相邀
在一片叶子的海洋上
安享时光

石砌的拱桥
有漫长的岁月
从桥上走过的靓影
把青春的色彩
留在依依柳色下

静

傍晚，湖畔很静
湖水在思考，我不去打扰
经历过枯萎的枝头
一片葱绿

睡莲佯装沉睡
溢满一池醉意
心绪随之于水面漂浮
半梦半醒之间

花容草貌
皆是季节的缩写
在时间的长河里
皆以生命为舟，浪迹天涯

于一片静谧中冥想
如同初恋的约会
要说的话
都在心照不宣中

拾

我拾起一枚青叶
倾听晶莹的泪滴
昨夜温情脉脉
其实是一种殉葬的诱惑

我拾起一叶花瓣
花容尚未失色
和风的柔情
暗藏猎艳的利刃

我拾起一段往事
就在青峰环抱之间
人心和岁月合谋
隔得越久就离得越远

我拾起一片心情
天上聚着懂我的云朵
潮湿的风中
有梅子的味道和枇杷的颜色

荷

你曾枯萎
但没有人嫌弃
因为有根
一切可以重生

错过了你的出生
不想，再错过你的童年
来听用尖尖角
唱你的童谣

见证过你的一生，以及
你的美丽、高洁
但最喜欢的
还是你无忧无虑的成长

湖水不是染缸
淤泥也无须背负污名
盛名之下被忽略的
是成长的快乐

那些年，那些天

那些年，已有些遥远
在这深秋时节
想起春风里的萌芽
从生命的骨缝里探出头来
好奇地张望世界
心里充满幻想

那些年，又很近
鸟鸣依旧悦耳
银杏黄了又绿，绿了又黄
阳光仍在叶上漫游
高树坚持向远处眺望
越过年年岁岁的过往

那些天，就在身后不远处流连
乡音老成一把霜
洒落在桂花树下
不知不觉搅动了秋的忧伤
太阳径自逃离
扔下一缕没入山脊的余霞

那些年，那些天
很远又很近，很近又很远
在记忆中你推我搡

一堆白发的记忆没有资格被写进历史

然可述于市井

谈笑佐酒，饮茶吹牛

第四辑　柔情托付给雨

你把所有的柔情都托付给雨

用妩媚改变了风

柔情托付给雨（七首）

雨　丝

你把所有的柔情都托付给雨
用妩媚改变了风
悄悄地来……
让我蓦然想起一首诗
难言悲喜，何以相对
以沉默，以泪流

大地于无声中醒来
露出鹅黄的萌态
花儿在枝头吐蕾
引来争睹芳颜
我的世界关闭了色彩
浪迹已被岁月漂白

鸟儿不解人意
尽情戏雨欢快
对着洞开的窗
肆无忌惮地清了清嗓
绵绵雨丝，浅浅触动
竟也湿了眼眶

心的角落里遗落着一束花

已经枯干

也被默默地滋润

鲜活了起来

雨落窗棂

竟在心底唤起柔情一片

曾为一朵花的离去

在心里写下长长的诗篇

雨丝和着风声

把它朗读了出来

这雨，是受柔情所托

还是我把柔情托付给了雨

雨　声

淅淅沥沥，醒了梦幻

檐下串珠

叶上晶莹

心上，沾满水花

时花含泪零落一地

田间

庄稼笑着张开臂膀

听雨声滴答滴答响

喧嚣的雨声

是大自然在纵情歌唱

也顺便兜售

青梅煮酒的欲望

如果有丁香花一样的姑娘

在长长的雨巷

那这雨

一定是从诗里跳跃出来的

雨　意

风走了，雨留下

伞上响起沙沙的脚步声

眼中飘过它

纷纷扬扬的影子

金丝桃簇拥着美人蕉

石榴笑出了泪花

草木趁着一场沐浴

悄悄换了装

张飞鸟的声音飞出树梢

雨应声停顿了片刻

西瓜虫探出脑袋,一脸茫然

花大姐活动一下腿脚,继续龟缩

我想问雨

你有无数种形态

今天

是否动了善解万物的柔意

山　雨

冬末的山雨

钟情于洗涤大地的枯色

不同于雪

只会一味地掩盖

濯洗的音律

在心里呢喃着流年

纠结与释怀

和雨交织在一个空间

溪流获得了灵感

轻轻拨动琴弦

没有丝毫刻意

生命的绽放不只此一刻

山峰弓起腰
俯听雨落与溪流的和鸣
意念的磁场已探测到
春天的蹑脚

雨霁，四周空灵
草木从冬梦中醒来
远山与近谷
烟波旖旎成海

心里隐约有一条沟
似冬春的分界
虽看不见，但若跨过去
那边就是春天

冬 雨

盼着你滋润
却让千树万枝都滴泪
叶，在哭泣中沉落
残花，瑟瑟发抖

其实，你已用最柔的情
润物无声
屋檐下的滴答
出卖了你的步速

你在天上
曾经是片美丽的云
祥和洁白，自由自在
和蔚蓝的苍穹相伴

多少人羡慕你的飘逸
欣赏你的亮影
你经常变换霞裳
以此惊艳世人的目光

眼下，却变成寒雨落下
这，不是你的愿望
是命运错位
还是造化捉弄

你一定希望变成雪
像一个童话，飘飘扬扬
纵使成雨
也想落在春季

一样的雨，不一样的情
懂你，即是一种缘

看那红枫、黄目、绿筱
都为你亮起了新艳

我也在看你,听你
忘却寒,多少事
都随风雨到心头
凭他春雨,还是冬雨

夜　雨

梅雨一改淅淅沥沥的温和
似银河决开了堤的桎梏
急匆匆喧哗了夜的宁静
甜梦惊醒
窗外水波浩渺
夜深灯火稀

辗转反侧
与谁同坐听
湿风、夜雨,唯我独痴情
雨点变换着频率
尽享恣意飞落的惬意
和悠然自在的闲适

雨不在乎人类的评价
人却要在乎别人的眼光
雨之情，我之心
尘世似乎越离越远
我与雨，在这个夜晚
相通在岑寂之境

细　雨

湿空气编织的罗纱帐
燕子笑着穿过

听不见雨声的雨中
风，吹来夏日的问候

桐叶湿了眼眶，把泛黄的昨天
还给了时间

那舟，泊在空阔的水域一角
不想去远行

水的尽头还有岁月的河
雨模糊了界线

桥上，走过的背影似曾相识
恍惚旧时的梦境

我整理了一下淋湿的衣衫
口袋装满了骨子里的酣畅

雨中之忆

雨没有疲态倦意
连日不停地下
屋前那棵银杏树虽年轻
也过足了被浇灌的瘾
山花从梦中醒来
群山醉入朦胧的睡乡

氤氲里冒出一段过往
熟悉的气息在湿漉中飘荡
思绪扯开雨的衣襟
不由自主地向北眺望
那场无垠旷野的骤雨
悬瀑似一望无际的海洋

我把一些心事藏在心里
也将坦诚写进日记
岁月长得像一条不尽的河
泛黄的日记本，有许多年少轻狂
时空回不到初始
但心可以让这一切接壤

梅雨呢喃着吴侬软语
却于心底溅起
北大荒粗犷的雨滴

那段泥泞的荒路
为什么总被一次次重拾？因为
那是一段未被世俗浸染的时光

雨中问答

我问细细的雨丝
如此稀疏,是否打伞
雨丝羞涩地一笑
化成纷纷扬扬的雨雾

我收起了伞
仿佛走进氤氲的仙境
有人撑着伞,好似云中仙
又如林间朵朵蘑菇开

我问小溪,为何不歌唱
一滴雨落进水里
涟漪像一朵花,溪的暗喻
是拈花一笑的会意

我问茶树,为什么泪流满面
茶树说,喜极而泣
簇簇芽尖冒新绿
正当一年好时机

我问麻雀,为何不停地啁啾
提问打扰了它们的雅兴
飞快地隐蔽起身影
抛下一堆听不懂的回应

我还想去问山岚
为何像冒着蒸汽的锅盖
但已不必，答案我已知晓
地底下正在奔涌着蓬勃的力量

雨后天晴

春风和春雨
都是煽情的高手
昨夜,雨使出万般柔情
把抽芽的枝,绽放的蕾
弄得满脸都是感激的泪
坚冰也化成水

今晨,风又轻轻地
撩拨大地的欲望
顺手拭一下闪烁的泪花
花幸福地笑了
叶愉快地舒展开身子
春色被引逗得意浓似醉

阳光心情一定很好
不失时机地出来
笑一笑,即刻
转身躲进云层
没什么重要事情,只是
闲坐或睡觉

我搜肠刮肚
想用溢美之词
赞美雨的柔情

我还有一个故乡是北大荒

夸一下风的情商
但说不出口
不说也罢

离离原上草,枯了又荣
人生的路,走了又走
就像雨过,风过
这个世界实在太大
要看到尽头,唯有
埋头继续走

雨的心情

天对雨说了什么?
让雨的心情如此沮丧
脚步有些踉跄
眼泪像断线珠子般飞扬

我听见雨滴
落进心里时的哭腔
心被淋湿
打不打伞,都一样

今冬
雪很失意
来不及给这座城
痛痛快快地漂白一场

扁舟从一句诗中轻轻飘来
瞄了一眼菩提树骨瘦如柴的臂膀
八角金盘炫耀地摆了摆
肥厚的绿手掌

路人依旧匆匆忙忙
没有人肯停下来
听一听雨的抽泣
或看一看河的两旁

雨的诗意

蒙蒙细雨如酥,像诗
缠缠绵绵如诉,似吟
檐角垂下一滴
轻泪
蚂蚁听到一声
惊雷

春雨也是一块魔术师的道具布
遮上,揭开
几番变弄
变出
江花红胜火
春水绿如蓝

湿润的空气中
偶尔传来一两声
韦庄词句里
很轻很轻的眠鼾

树上残叶像泡乏的茶叶
等风来摧残
枝丫的心肠浸得柔软
让新芽冒出来

诗人喜欢把春雨写进诗
所以春雨一直是诗意的
有长长的雨巷
有丁香般的惆怅

雨的心愿

雨在诉说心愿
彼岸变得朦胧邈远
水雾连成一片
湖上影影绰绰几只船

世人以为雨在哭泣
其实雨在播洒春的甘霖
鸟儿最懂雨的良苦用心
唱起《春之恋》

花骨朵尽情吮吸甘露
水灵灵丰腴起来
叶芽儿迫不及待
悄悄掀开树皮的盖帘

雨中，有微凉的寒战
思绪，爬上树梢
与雨一起吹响春的风铃
把心洗涮

人生，有许多时过境迁
走过的脚印
被时光洗得一干二净
心底，总还有遗余可拾捡

我向雨许个愿

心愿只有雨听得见

当我走过半边湖岸

雨声听起来不再哽咽，像琴键

雨的呢喃

雨,被冷空气劫持
人类无能为力
对正来临的春天而言
大概也是成长的一部分

凭窗听雨,春呢喃着爬上窗棂
走进雨帘,春意扑面而来
柔软的心可以听见柔软的声音
花草已在展示风情

春色,是遮不住的
无论寒流,还是硝烟
舒展着的春芽
会在心里长出一片绿茵

像思绪一样的雨丝
诉说着与过去或未来有关的故事
我看见树干的皱纹被新叶遮蔽了
几朵艳花伸出绿丛

寒冷终将退去
晴空定会抹去阴霾
暖阳,春风,万紫千红
都将在雨的呢喃中如期而至

倾　诉

——晨雨中，路过杭州少年宫广场，落花满地，聚可成冢，有感而作。

雨凄，风亦疾
一夜洗净芳华
道尽世态炎凉
落花无须葬，和泪入衷肠

生命盼一树花开
记忆的梗上
有多少花落的刹那
盼望阳光却总遭遇风雨凄凉

多少擦肩而过
谁不曾，停看过
停看的人，又有几人能看透

生命的花和希望的花
一茬接一茬
连雨都不知轻重
命运怎么会手下留情

飘逸的雨丝，是在倾诉
把心调成静音，聆听了很久
归宿，谁能说得清楚

多云转晴

云在天上举行峰会
讨论有关天气事宜
我只关注阳台上的几盆绿植
新芽呼之欲出

云对我的阳台视而不见
既要警惕风
还须小心翼翼地
揣摩太阳的心术

太阳光明磊落
它的俯视与我的仰视恰好对撞
繁花迷眼间
春色万紫千红

云是海的浪花
平静时方显辽阔
朗日是春蕾的一道盼望
多云转晴是一种心情

日子
在复制
雷同,平淡,迟钝了味蕾
偶尔,阴差阳错

阳光透彻一切
悄然增加了热度
匿于心底的陈旧底片
被一点一点曝光

一滴水的生命

曾以为
生命是一条奔涌的河
很多时候
只是一条不起眼的小溪
丰沛时欢快地歌唱
干涸时，一涓细流
慰藉孤寂的河床

汇入大海
是美丽的向往
每一程
都是一段漫长的时光
青涩不曾逗留
再回首
已遗落在遥远的地方

一滴水的生命
比不上一条河流
流经什么地方
就有什么样的风光
不一定风景如画
但一定会有
值得惊艳的明亮

抵达海的浩瀚
对于渺小的一滴水
实在微不足道
何不钟情沿途
每一株苗或一叶草
使生命
配得上这一路的颠沛流离

第五辑　生命之河的两岸

有人说，生命之河的左岸是忘记
　　　右岸是铭记
　　　而这条小路
　　　就在生命之河的两岸

生命之河的两岸

有人说，生命之河的左岸是忘记
右岸是铭记
而这条小路
就在生命之河的两岸
一边溪水长
一边竹影纤

流年岁月浅笑嫣然
不及细看云去雁来又一年
一路景色
被时间的轻风吹散
忘却和铭记
都已融入生命的回还

左岸的绿肥红瘦
隔三岔五会过来转转
可我心不在焉
眼里映着蓝天
溪水有时混浊得
听不见水声潺潺

叶子其实很喜欢晨露
表白时泪眼含羞
鸟儿无语时

寂静有点让人心神不安

每个生命都有终点

当尘埃落定，路的景色依旧

晨拾（六首）

吠

远处一狗狂吠
气势汹汹的声音里
一丝掩饰不住的怯意
四周的狗
也莫名其妙地跟着吠
是集体胆怯
还是
本能附和

石 头

人和石头都会说话
不同的是
人喜欢比赛音量和在意回声

而石头选择沉默
在时光的磨砺下
接受一切命运的安排

石头没有人类不绝如缕的呻吟
始终心坚似铁

豪　车

一辆豪车驶过
澎湃的动力
排出的废气亦平添几分豪横

全力踩下油门时的快意
于轰鸣声中招摇过市的浅薄
是这个时代一些人的标记

影　子

光源斜的时候
所有的影子都是斜的
影子说
别拿我说事
身子正与不正
与我何干？

鱼目混珠

鱼眼在水下
可以看见折射的物体
明亮的珍珠
却是睁眼瞎
鱼目混珠
混的是世俗价值
不是生命

敲击声

远处，工地上
钢构件的敲击声
穿透琥珀色玻璃
震荡的频率
像远古的编钟
青铜器的打击乐
几千年了
这声音
还在穿越

小 巷

太阳被一道灰色的墙屏蔽
晨空呈一片灰暗的色相
在一排楼与一条长墙狭窄的隙间
小巷默默穿过
霾与寂编织的空间

我沿着灰黑的路行色匆匆
心绪如天气般怅惘
红色的灯笼挂悬于灯杆上
轻轻摇晃。我闭上耳朵
屏蔽自己脚步的回响

枯枝感觉有萌动的异样
伸手向天观望
不明的光线将诸多细节模糊化
墙角，灌木丛里
石楠酒红色的呓语
着墨一个季节的新意

几个孩童从一幢楼的后面蹿出来
叮咚的泉音顿时四溅
落进心里，催开一枝花
心灵与枝头倏然相通
也产生了萌动的迹象

印 记

无论哪个季节
光阴一直在往返交替
张扬的更替或淡然渐变
有其独自的仪式
潜意识里，命运决定了所有际遇
细数过去的时光，总留一些印记

即使快要凋零，但你来过
你笑着离开的姿态告诉我
不想给世间徒增一份失望
你让我相信，随风穿越一季行程
就会看见一个全新的春天，有你的全部身影
新开的花朵、欢快的河流、灿烂的满天星辰

绶带鸟拖着亮丽的尾羽飞进一簇
盛枝，叶色是斑斓的迷彩服
一份偶遇的美好，无须问候与道别
岁月的深情里
有许多道别
不一定有归期

我相信，所有无缘无故的巧合
都有它的道理
暮云要抢在清风明月前

编织一个美丽的陷阱——
秋天,就是伤感的。我不信
我的印记里,还有岁月静美

散步 （二首）

（一）

暮色四合，华灯初上
影子随我在湖边游荡
转身的那一刻
黑夜吞噬了身后蜿蜒的游廊

我用半生簇拥着的过往
被黯淡下去的游廊轮廓隐藏
月残星稀，园灯如豆
闪烁着昏黄的微光

小径依稀，花播夜香
一池似水年华依旧轻漾
隔岸，却是一片灯火辉煌

同一片夜空，不一样的仰望
银河已化作梅雨泻尽
一弯孤月隐约进入梦乡

（二）

夜色下，独自沿苏堤徜徉

堤头矗立着东坡像
仰视太空，探究星光
"老夫聊发少年狂"

宇宙的交响乐为诗神奏响
电闪雷鸣的震荡
是否在诠释句子里的豪放
"西北望，射天狼"

心中始终有一首乐章
从青春热血一直唱到鬓染霜
人生豪迈，也有掩不住的悲怆

竹杖，芒鞋，北大荒
松江冰雪浙江潮
一生又何妨

即 景

秋风悄悄吹了半个季节
柳枝随风飘拂依然轻垂翠蔓
芳草如茵似乎春色又还
湖不生澜游船静远

紫茉莉偷偷把胭脂染
好不停地向游人努嘴抛媚眼
蟋蟀鼓翼，声壮威严
怎么听，都觉得胆儿有点颤

蝉来不及品味秋的温婉
集体声喑
去漫漫长夜修炼

鱼儿知道时光一去不复返
所以嬉戏，优哉游哉
我亦羡慕那份自在

万　籁

溪水是一位不知疲倦的琴师
手指随着跌宕的行旅颤动
快乐或悲伤，从容或踉跄
四季的妙音，从溪上缓缓流出
向空谷袅袅飘散

山林溺于夏季的狂欢
累了，叶色暧昧起来
冬天在不远处，等着褪去衣冕
生活中，谁都
逃不过阳光的俯瞰

茶树的叶子老了
饱经日晒的叶色怀念稚嫩的童年
白云在凝视，凝思
除非春夜喜雨的柔怀
谁也化不开心中的郁结
贵为龙井，也不例外

张飞鸟扑棱棱飞出林间
抛下一串铜铃，勾起浮想联翩
一个桃李般芬芳的笑靥旋起的酒窝
顷刻飞进心坎，大自然是最优秀的乐师
万物的声音，都是天籁

候 鸟

等待候鸟的
是一群拍候鸟的人

鸟用翅膀飞翔
他们用"长枪短炮"聚焦
鸟的亮影一闪而过
他们的镜头留住永久

候鸟与拍候鸟的人
都有坚韧的性格
一个在于迁徙
一个在于静候

鸬鹚捕获鱼的瞬间
按下快门的瞬间
都在同一个瞬间定格
我觉得,他们也是"候鸟"

回　眸

听说不如眼见
骑一辆单车
沿湖饱览

记忆的储存盘容量有限
还是停下来
聚焦一拍

湖光山色
桥印塔影
许仙与白娘子
梁山伯与祝英台

天堂里的美与美的故事
都浓缩进手机的方寸间
留待哪天
与心上的人儿一起翻看

许仙的伞

碧波在阳光下熠熠生辉
船儿在碧波上荡漾
红背心搭配的服装
是鸳鸯美丽的羽裳

悄悄话儿
已不必说
许仙的那把伞
化作船篷撑开

这一湖的柔情
洋溢了千年,不知道
还会衍生出多少
新的、更浪漫的故事

群 聊

鸭是水温预报员
野鸭是预报员队伍里的佼佼者
西湖的水似乎有点凉
红掌的感应不会出现偏差

偶尔吃力地跃出水面
飞起一米高
检验一下渐退的飞翔功能
还剩多少

它们上了岸
选择背风的一隅晒太阳
"嘎嘎"群聊
张开双臂，伸一伸懒腰

群聊的快乐胜过飞翔
这片水域
就是它们的诗和远方
还有什么理由再去寻找

树下遐想

> 重阳日，山脚农家院里一大树和藤缠绕着，藤上花落尽，叶仍茂盛，树高且直，然叶稀，藤缠树攀了高枝，树依藤更添浓绿，相依相偎亦相得益彰。觉奇，似有所悟，于树下盘桓半日方离去。——题记

只身，树下徘徊
懒去登高望远
农家院里，他是树，她是藤
缠缠绵绵秀恩爱
晨光照亮了他的谢顶
也看清了她的花蒂已落
为何还如此依恋
他说：希望她爬上他的肩头，与阳光握手
她说：他是她的顶梁柱，与他共茂、常青
太阳在屋顶，笑开了怀

看似生迷死恋
却与风月无关
任藤蔓附枝高攀
树无声地纵容
毫不吝啬
相遇是一份缘
而相扶相守，是缘的相融
四季轮换，情缘不变

看远，看近，同样有悟感
藤上花落
谁见了只道是寻常
藤上叶不落
都以为，是叶不甘以陪衬的角色
与花一起谢落
藤的不舍，树的挽留，共生的誓言

一片叶子在风的抚慰下温和地飘落
树与藤，向叶子低声话别
北国的白桦林
心里有许多话想说

小草的视角

小草看一切都是高大的
苍穹是一片海
云是看风景的船
树触手可及飘过的云
即使身边
并不受待见的小野花
一出生，也高出一头

小草侧过脸
大地即刻倾斜
同伴们的形象似乎有所改变
叶子舞蹈着从天而降
将身体当作温床
小草的心情
铅块般沉重

一条狗垂着头走来
露出血红的舌头与犬牙
随意排泄，然后
悠闲地走掉
小草为没有能力
保护好领地
深深地自责，卑微感油然而生

寒冬来了，小草黄了
它知道无论如何努力
永远都长不高
但必须顽强地活着
枯萎时，在心里发着芽
因为，它不想
毁坏世界的风景

我还有一个故乡是北大荒

夜色初临

苍穹像一片倒悬的深海
弯月似船
星星集体坠入深渊
告别惊蛰之夜

山后残留的余焰
在山脊与天际之间划出一条渐变的火色
晚风粗重的喘息
把流浪猫喵喵的呼唤声传得很远

花树开始暗淡下来
青草的气息在空中撒野
布谷鸟闭上嘴巴，去整理被窝
青蛙舒展一下身子，又到了谈情说爱的时间

我把一束野花插进瓶子
浅绿色的初春与心情
淡淡如一首抒情的夜曲
随渐浓的夜色弥漫开来

第六辑　我对自己说

当我觉得越来越孤独时

只好对自己说说谎

我对自己说

我已习惯现在的生活
隐藏一些心思
心里却一直有一种力量
鼓励自己克服惧怕
内心总想逃避
经常独自彷徨
空灵的湖山也变得深不可测
当我觉得越来越孤独时
只好对自己说说谎

致自己

时光也有快进键,似魔幻
被上帝之手按下
一觉醒来,又新年
晨辉透过时光轻轻地落在眉上

新年是一声提示
三百六十五天,就像一闪而过的光
钻进时间的高铁
来不及道别

一年的喜怒哀乐
都随一株老树枝枯叶尽
把记忆打成包
埋进雪里

生命就是一场千里迢迢的奔赴
穿过熙熙攘攘的市井
剩下的时间
消磨在回家的路上

未来有限,路途还长
珍惜每一个春晨、夏夜、秋风、冬雪
安然做自己喜欢的事情
不负每一天

学林中的鸟儿
自由雀跃，尽情歌唱
不为俗事絮絮叨叨
向平淡日子撷取会意的笑

随溪涧的泉水川流不息
灵魂不会老
且浪漫逍遥
路途枯燥，好酒言笑

每年的这一天
都可以高兴地回顾
生命还在延续，若细品
韵律就押在每个平常日子里

时　钟

时钟很准，不快，不慢
无声
却响在心头

一种神奇的力量
不慌不忙
把儿童带进老年
把老年带进坟墓

当发现它是套在脖子上的催命索
就再也逃不出它的魔力
曾试着让它停摆
但一切进程依旧

即使摆停了
时间也不会停下来
我们已经被时间奴役

暮 色

晚风像醉汉,不停地摇着花冠
似粉若白的花瓣顺势扑进大地的胸怀
暮色若明若暗,像在
掩护每一缕馨香回家言欢

一条银河于头顶上渐渐璀璨
倘若有梯,真想爬上去
摘一颗星做灯笼
再也不怕黑夜的路

我用眼光丈量天穹的深度
星光滑过山的脸颊、水的肌肤
风从醉中醒来,停步
魂魄还在被醉意徐徐牵动

邻家的狗眼神有点怪
绿瞳盯了我很久,又过来
嗅我脚上的鞋,大概在提醒我
该换一双好鞋了

憧憬

春雨深情款款地来了
我又憧憬阳光的明媚绚烂
希望早日结束这——
春水初生的乍暖还寒

三月里的憧憬
从心底不停地生发
若飘忽的云烟
穿过黄鹂愉快的娇啼
让山色于空蒙中
自由还原

桃花开了，樱花开了
油菜花开了，所有的花儿都开了
我还憧憬
大地的每一个角落都秀色可餐

三月里的憧憬
是一杯上好的茶
舒展的叶子
是枝上轻轻绽放的新芽
慢慢啜饮
一片春意在心里灵动荡漾

我还有一个故乡是北大荒

在一个渐行渐远的春天
风送来的气息
多了一股清淡的甜香

蛰伏的生命醒来
把梦留在了昨天
春林初盛的声音
为生活注入了柔情万般……

愚人节后想起来

糊涂了一阵后
记忆力突然有了长进
想起了昨夜的梦
我在梦里的经历很美好

梦见自己长了翅膀
像一个气泡浮在空中
扇动了一下翅膀
光明迅即来临

一个金碧辉煌的餐厅里
一张大而圆的餐桌
一块硕大的东坡肉
我用一把长锯切割

卤汁和肉香流满了餐桌
身后响起脚步声
一位戴着面具的神秘人物
面具是一张笑眯眯的娃娃脸

回头，东坡肉不见了
再看，神秘人物摘下面具
笑着对我说：
"愚人节快乐！"

我还有一个故乡是北大荒

我醒了,很快乐
还是有点遗憾
下一次
能不能等我把肉吃完后你再说

光与影

太阳与云玩着躲猫猫的游戏
露脸时,兴奋得像一枚白炽灯泡
万物也在正大光明的背后
藏起光的影子

云以层叠的手法演绎洁白与明暗的变化
此刻舞台底色是无垠的蔚蓝
这更便于明示,即使于天日昭昭下
光明与阴暗也同在

今天,不关心那些影子
只想关心
树木在光合作用下的成长
伤痕累累的大地依然在哺育

幼稚和梦幻
终将在岁月中销蚀殆尽
一对失调的瞳孔
还可以继续深情地看着这个世界

阳光如瀑

阳光一大早就动了情
温柔地点亮窗帘送来一片光明
我还没起床
光谱和心情已舞成一团

拉开窗帘的一瞬间
心像一只高脚玻璃杯
盛满透明、温暖
不酌自醉

漫长而并不轻松的一年
装满了芸芸众生的期盼
春天的百花园
从冬天起就已经在心里孕育

牵挂的人在梦中相见,并于清晨祝愿
没有哪一个可以忘却
我想用一枝玫瑰纪念春山与冰河
却与镜中霜雪握手相逢

但,我依然喜欢在阳光下
和童年、少年、青年,聊聊天
没有永不回头的春天
却有,偏执的忘却和咫尺的遥远

写 作

手指在键盘上跳舞

鼠标复活了

在彩色的屏幕上指指点点

心思于清晨的露珠里或悠扬的晚风中

自由地雾化成自己喜欢的模样

文字，是活着的生灵

任由你频繁、随心所欲地

变换队形

每一份努力都不会被辜负

每一份成功都是持之以恒的积累

所有的梦想

一开始追逐时都不是彩色的

一些精心打扮好的句子，列队，组阵

怯懦地走进一张网的空间

希望，能游向一片宽阔的深海

写作充满艰辛

码出的每一行字

皆是心的嫩芽于尘世中破土而出

在身处的那片森林里成长

最终，成为广袤中的一株

母亲节

春风仍在延续
新发在梢头飘逸
喜鹊唱着进行曲

慈母的心
托付给五月的子规
映红了这座城市的许多角落

云层低矮
隔不断思念
浮萍遮盖不住池水的泪光

水做的骨肉
花做的精魂
微笑着走进我的魂魄

在我心底，长出
一片绿茵，一丛柳浪
一束轻风下的康乃馨

虚 无

窗外真安静,时间似有似无
蝶在青草上小心翼翼地抖动翅膀
绿油油的树叶,一动不动
似晴似阴又欲雨,天空一片虚无

春季悄然过去了
夏的节候还在不慌不忙地运筹
或许,应等一等蝉的蜕变
天公为此在酝酿一场哭戏

说不清有多少这样的日子
在记忆里若隐若现
心情爬上葱茏的枝头
与另一片虚无对视

我喜欢阳光和雨
它们是打破虚无的音符
一切蝉唱蛙鸣虫吟
都是在歌颂旺盛的生命

小年夜

过小年，清锅冷灶
灶王爷回天宫报告去了
我独坐湖边
陪着一湖水，仰望天

天空是一口硕大的锅
黢黑的锅灰
蒙蔽了星光的闪烁
人间灯火，在水里晃动

这样的抒情算梦呓
我与湖水之间的最佳状态
是心照不宣，沉默
任思绪自由流动

远处亮起了红灯笼
一定是灶王爷回来了
零星的爆竹声
寂寥地响起

除 夕

雨来洗涤旧岁
顺手把夜幕拉上
爆竹稀落,隐约可闻

旧岁是旧的吗
岁月按时间排序
在我记忆的储存盘里
每一条都是鲜活的

我迷迷糊糊地睡着
偶尔发烧
窗外凄凄的雨
时不时往心上浇

除夕,不过是个雨夜
感觉乏善可陈
不如梦境里
那个满天星汉的童年好

辛丑新年

一觉睡了两年
时针已指向中午十二点
拉开窗帘，迎接我的
是一张挂着阴霾的脸

说了这么多新年的好
却一点也没感觉到
千好万好
都不如心里觉得好

泰戈尔说："上帝等待着人
在智慧里重新获得他的童年。"
我在梦里到过那个境界
常遗憾梦太短暂

网上异口同声在喊"牛气冲天"
心里有一丝自卑感
病恹恹的没一点豪气
怎么冲破这阴沉的天

生命如大海里的一叶舟
漂向深海是浪涌的必然
常有人夸赞它勇敢
我懦弱，恐惧每一个浪头扑来

希望一直漂泊在近海

可以遥望岸上的春暖花开

风平浪静的日子

每一天都似新年

惊蛰次日偶拾

昨夜雨丝乱纷纷
晨歇，天依然阴沉着脸
美好的春天
插进不怎么美好的时段

几位村姑从门前走过
边走边聊着柴米油盐
声音不大不小
刚好能溜进窗棂门缝

我想，村外茶田里
还有阴霾笼罩下的山野林间
叶子在安静地涂染新绿
花也在忙着打扮自己

春光并不一定都是
值得缱绻的美好时光
但生活的进程，生命的成长
一定会有条不紊地进行

光阴里所有的碰撞
经年后还会朦胧地时隐时现
那或许是一段
当时你未曾留意的春光

胡思乱想

春雨在辛勤地滋润万物
我轻轻关门
把一段情丝隔在门外
远方风信来,我曾特别留意
你的信息

也是一次关门声
沉重地撞击心扉
猝不及防
山海尚有归期,风雨亦有相逢
但这一撞,一切都埋葬

一个季节
被隔在不同的地方
三更梦醒
窗外有残余的星光
想起一场梦
吹来一阵风

春燕衔泥开始筑巢
草木感恩春天的沐浴而发芽
我把自己关在自己修筑的藩篱里
疗伤,胡思乱想

我还有一个故乡是北大荒

　　从一堆书里寻找突围的良方
　　那些所谓的伤害
　　也许是一种成长
　　静下心来，且听雨声
　　逼仄的空间，半亩方塘

明日立秋

盛夏进入倒计时
日头时不时地躲进云后
背过身去的那一刻
万物燥热的心，凉快了一下

湖水从炙烤中缓过一口气
泪光涟涟一脸劫后余生的委屈
被风的手掌温柔地抚过
破涕为笑泛起羞涩的微波

莲蓬于叶隙间伸出了细脖
愣头愣脑地四顾
蝉的心情与蟋蟀的初声
合成一丝琴音，迷醉了一枚叶子

夏天喧嚣得很长
却又没有多少可以留下
一抹绚烂
已让位给接踵而至的灾祸

生活编织了一张网
灾难，是非，俱以相互宣泄
此刻，天蓝得心醉
时间踟蹰，久坐

我还有一个故乡是北大荒

　　有时，生命犹如一句偈语
　　看透，参不透
　　终是过客，花自飘零水自流
　　何须执着，光影斑驳

忘　却

忽然想起，今天七夕节
像一粒石子投进心湖
莫名其妙地荡起一连串涟漪
旋即，平静如初

再多的激情
也敌不过年迈的迟暮
忘却，看起来是一件糟糕的事情
有时候，却是一个故事的最好结局

七夕是中国的情人节
但它却源于一个悲情的爱情传说
一条鸿沟的跨越
需要苦等一年的"放风"时刻

传说是美好的
以至于把一切不堪都涂上美丽的颜色
渐渐麻木，视而不见
一个民族心灵的呐喊转变成祝愿

窗外，雨继续纷扬
今夜，看不到星河
相信等待了一年的那两颗心
依然会相见

一年的等待

一生的期盼

与一朵花开花落的时间

没有太大的差别

出　伏

阳光不急不躁
满树叶子哗哗地笑出声来
晨风穿过光帘
顺手捡走一些炽热

从未见过风的模样
只感受到风掠过的微凉
还有听不见的乐章
枝头婆娑时带来了许多遐想

我敞开门窗
请风进来做客，不必拘束
桌上的书，愉悦地翻开心怀
笑迎不速之客到访

日历掀起一角
露出今日出伏的预报
是否应该欢送一下炽热的盛夏
感谢它热情的付出

许多逝去了的东西，包括日子
当时不曾在意，如这个夏季
甚至，还不断抱怨它的酷热
过后，却无法找回或留住它的一切

鸟儿的欢乐没有丝毫改变
蝴蝶依然炫耀翅膀的色彩
而我有太多的欲言又止或闪烁其词
等待与秋叶一起埋葬

小年夜

我在小年夜里发烧、寒战、昏睡
电热毯把床变成滚烫的炕头
在梦呓中穿越
回到那年

炕桌、酒盅，盘腿而坐
一壶老白干，与往事对酌
当时年少，未老莫还乡
红灯笼映亮一窗明丽的火焰

我把记忆藏在梦里
这样就不怕遗失，也不担心被窥探
夜里做梦，梦里都是白天

无论身处何方
小年夜是同一个夜
尘粒在尘埃中浮游
探路的竿，于心头声声颤

星有星的轨迹
尘有尘的归宿
我醒了
汗流浃背，湿透衣衫

子 夜

万籁俱寂,却听见四周响起的回音
脑细胞活跃起来
如同浅睡眠中的羚羊惊醒
竖耳听风,捕捉一切

一只无形的手在操纵
一缕风在树上行走
一个蹩脚的驭手
一挂失控的马车

闯进历史的隧道
我变成一只迷失的青鸟
神话在云端,我在人世间

世界变得越来越奇妙
生活似乎越来越有趣
夜里总冒出一些天马行空的无拘无束
白天又小心翼翼地循规蹈矩

昼与夜的截然相对
既矛盾,亦美好
黎明时困倦来造访,不必抗拒
让白昼的阳光
照着我在回笼觉里酣眠

第七辑　墙角的梅花开了

如果喜欢春天

请不要仅仅眺望

用生命把眼前的枯色点亮

为春色

铺垫一个开场

墙角的梅花开了

干枝上
缀满了冷艳的花
一团团火
燃烧在
不起眼的墙角

滋润的春雨
抽芽的春风
都没来
在没有舞台的旮旯里绽放
不需要张扬

如果喜欢春天
请不要仅仅眺望
用生命把眼前的枯色点亮
为春色
铺垫一个开场

万紫千红的时候
便化作绿叶
为每一朵花
捧场
把爱和希望，藏进心房

黎明前
——题佳木斯站前广场大型卧龙冰雕

时针指向五点
卧龙，已亮起飞姿
冻土下涌动的力量，正在蓄积
腾飞的冲动，无畏的勇气

黎明前的黑暗是光明之序
向天梦，潜入冰铸的躯体
风在微曦中呐喊
传唱龙的雄起

每个人都有一个故乡
但还是有许多人，在心里
把你当作另一个故乡珍藏
生命中，始终滋长着北大荒人的根系

雪原，黑土
是胸怀，是激情，是地平线的晨曦
走到哪儿，都难忘，更赞颂
这片土地的神奇

一年的最后一天

风在扮演一个流浪汉
呷着廉价的白酒取暖
醉步踉踉跄跄
行为更加肆无忌惮

冰冷的手无处不在
伸进路人的脖颈，顺手掀起衣衫
树枝簌簌发抖
残叶饱受摧残

阳光比较厚道，送来一抹温暖
云有放不下的思念，今天不扬帆
所有的希望，瞬间都在
这一刻进入了冬眠

风啊，你这个四处乱窜的醉汉
请带走今年的最后一天
今天与明天，亦是今年与明年
其实只需将日历轻轻一翻

人们忙着祈祷和祝愿
似乎每个年之间
都隔着一道天堑
旧的一切，不会在新年里回返

纷繁看淡，心便坦然
终究时过境迁
万物
均在经历一场蜕变

西湖冬晨

最好银装素裹，以证明
你已入冬
远去的柳绿花红
请暂时不要回头
枯枝无须故作娆态
这样看上去才更像冬季的早晨

然而你坚持着：我行我素
野花依旧开，蕉叶如昨绿，一切如故
怪不得阳光会为你倾倒
寒风停下来歇脚
碧水似清澈而微笑着的深眸
映出你的妩媚，照着我的丑

鸳鸯载着晨辉，列队
优哉游哉地涉过一面镜子
湖畔晨练的身影
一起从镜中散开、聚拢，又复原
一切都忘记
不再有波澜

想用心为你画一幅像
却难绘你的神
想赞美你，搜寻到的词句

和你相比，都相形见绌
当阳光笼罩着的时候
我相信
世界是美好的
因为这个美好的早晨

冬至随想

冬至日
华叶的衰影躲进雨雾的背后
湖上、远山、天际，都是
湿漉漉的雾，像谜一样看不到尽头

蓬船似一叶影，在谜里
寻找快乐。不必担心它会迷失
彼岸并不遥远
只是云雾氤氲
居然，变得深不可测

枯荷的心情一定是凄切的
她一定以为
我总是错过她一生中的许多重要时刻
而选择这个日子和这样的情景走近她
窥见她于昏黄中打盹的窘态

说实话，我不喜欢冬雨
但被这诗意般的韵所迷恋
曾也被一片雪
迷恋，朔风吹过白桦林时如长笛般的哨音
至今仍萦绕耳畔

白堤遐想

白堤从断桥的传说中踱出来
时光装点着它的传说
此刻，它的主调是水墨色
那一头，伸进晕染的迷雾后

雨稍歇，旋又纷纷扬扬地飞
湖面是块湿镜子
来不及晾干，新的雨痕
又星星点点落满

水天朦胧一色，画船影影绰绰
雨下久了，万物也有几分腻烦
于雨雾的淹没中，毫不吝啬地
将感受，与我分享

风隐匿起声音，悄悄委托柳梢
轻轻摆动一下身影，以此证明
它没有缺场。落叶沉睡于绿茵
这种结局是最好的归宿

白堤最忆桃红柳绿的时节
桃枝骨感的肢体语言，悉数道出
答案，包括那些
土的春心、根的萌意、水的温情

我还有一个故乡是北大荒

　　雨落脸上，湿进心里
　　闭上眼，感觉像雪
　　水面泛起的漪涟
　　越看越像美丽的冰凌花

西湖里的薄冰

西湖的暖意，被北方窜来的疯子
肃杀，还把雪亮的手铐
挂在岸脚炫耀
翡翠的裂罅，在惘然若失的戚戚中炸开

刀锋闪着冷峻的光
收割完残叶
又把湖面淬成寒凛凛的溜冰场
水禽不敢轻易下场，缩颈收羽，顾影自怜

荷的灵魂在水底流淌、酣眠着
身子却死去了
形影枯槁犹如
老人看着年轻人死去。傻瓜看着聪明人死去
天空下着心碎
万物都上了"抖音"

鸟儿省着力气，自觉禁言中
以为一页无声的文案即可抵御涌来的冰块
松鼠于树穴窥探
传递万物共同的心愿
盼一个日出的温暖

太阳终于来打卡

多看了几眼
我听到冰面坼裂的声音
它们很脆弱
心里的阴影也同样，经不起阳光轻轻一晒

蓝 天

树权携起手来
把一片蔚蓝举上天
落叶把草地
染成相同的色彩

每一条小溪
都是大地的泪腺
经年累月
潺潺

我知道
那片蔚蓝的后面
藏着春天
离这并不遥远

从蔚蓝下走过
心里泛起一片海
海里有个春天
提前春暖花开

春雪（五首）

　　壬寅年立春前后，杭州喜降瑞雪，恰逢第 24 届冬季奥林匹克运动会在北京举行，连日欣喜，一日一诗记之。

（一）

世界在北京举行冰雪的盛会
洁白的乐章，是春使
快乐的绒花迫不及待地，飘向
千里之外的西子湖畔

这一泓净水，环抱的群山，以及
陪着它们一起眺望春天的草木花鸟
还有，与它们相偎相依的城市
都被这突如其来的欣喜
氤氲成一片

雪花在空中飘扬的欢笑
与花草拥吻时的温柔
后雪落在前雪身上的小心翼翼
都被我听到了。我还看到
荔草兴奋地吐出舌芽，以示
不会错过美好的时机，但它们也把
隐于时幕后的春意
不小心露出了踪迹

苏堤苏醒了

白堤洁白了

大地盖上羽绒被却睡不着了

春天不远了

（二）

雪是这个世界的精灵

如此轻盈

身影娇小到看不清表情

脸上落满它的吻印

它用天使的灵性

给城市披上婚纱洁白如银

很薄，有些透明

但很美，华贵又万般风情

不敢温暖它冰冷的心

怕融化了曼妙的身影

喜欢，摄它入镜

时时相对话晶莹

它来为魔幻的一年送行

用别开生面的场景

将所有晦气驱尽

还山河一片洁净

还有一点愿景
若能碎琼积广庭
拥万树梨花迎新，恰似
好景、好运共佳境

（三）

雨丝疏密恰到好处
仿佛是为雪花出场造气氛
夜色渐暗
正好衬托雪花的洁白

雪随即登场
但经过天公的筛子眼
开不成花的形态
矜持着颤悠悠的身段
我伸出手去，她似乎不便停留
想起儿时的棉花糖
在竹签上绕成白茸茸的甜蜜
那团白，停留在记忆里

她一定也记起了什么
似乎在寻觅纬度更高的地方
来不及给这里披上一件白氅

便一闪而过，消失于夜幕

街灯昏黄的光束照着城市失望的沉默
蜡梅来不及拭去泪痕
我望着夜幕深处试图穿越时光
纷繁的思绪也像雪，一闪而过

（四）

正月里，江南又下起了不大不小的雪
细碎的花，害羞地穿过市井
随即，又躲进地下，化作一摊水的薄凉
枯草老枝被渍上一层晶莹的盐巴

屋顶的留白恰好为一座城市写意
还可以用来佐证
几个千百年来一直讲述的故事
一些励志的诗词或感悟

洁白的花朵里藏着时间长廊
闪烁的眼睛会说话
雪白的浪，青蓝的光
打湿了一个失眠人的脸颊

时光在雪的掩护下匆匆赶路
雪，用落地即化的隐匿

谛听一切，包括我的心事

而我，在心里默默丈量春天的距离

（五）

小雪时节又迈进岁月的长廊

经年的雪又隐隐飘进心窗

洁白的晶莹里翩跹着许多牵挂

似一群狍子闯入

强有力的蹄，跳跃着

敲响大地的震荡

两个故乡互唠家常

生命的乐曲里有更多的儿女情长

这边风萧萧

那边雪飘飘

孟冬的表象

掩不住心灵的甘露芬芳悠长

喜欢第二故乡的千树万树梨花

流光溢彩，涤尽铅华

静止的大江

如蜿蜒的卧龙清澈透亮

乡情、亲情，暖阳

相约在雪域漾溢

融

阳光刺破铁青的天
给阳台铺上一层暖色的绸缎
房顶上，树丛里，依稀可见的雪
在消融

眼里闪过一束
流动的情愫
残雪衰老的影子里
闪过几多白雪皑皑的故事

后半生
一直在回忆前半生的你
那床厚厚的羽绒被下
萌发的春芽

从液态向固态的转化中
绽放的花，纷纷扬扬
生命的露珠
为万物装点圣洁吉祥

人间喜欢更多的颜色
于是，许多光怪陆离的碎片
在一个球体上
拼凑出世界的图案

我还有一个故乡是北大荒

树上,没有一朵永不凋零的白兰
水中,也没有一朵不落的浪花
终将还原自己,融入大地
或回归蓝色的海洋

春

三月天，满目新绿，生机盎然
美景无处不在，仿佛
世间原本就是这样
一切都发着光

很多美，不用眼看，要用心品
心明眼才亮，且不堕入疯狂
那就去明媚的穹顶下
点燃自己所有的希望

姹紫嫣红的花，千娇百媚，终究
会昙花一现。只有
希望是一朵不落的花
需要用生命去浇灌

这绿茵，朴素寻常，却可常青
时久绿更浓。如希冀，常驻于心
这春，不一定是桃红柳绿
是在心里萌发的芽、孕出的蕾、开出的花

茶

一个人，一杯茶
时光爬上斑驳的墙
春芽在舌尖流韵
余音袅袅

杯中，俱是稚嫩的
枝上还在继续浓绿着
已经被遗弃
青春，最值得品咂

浮于杯上时
是一段年华
沉入杯底后
是生命的芳华

沉浸中的舒展
似在诉说
生命的清高，同时
也表现最后的优雅

风

早晨，你亲吻我脸庞
追我到溪涧林下
叶子没有随你飞扬
怕打扰这段美好时光

中午，你又轻拂门窗
将晾晒的衣物轻轻摇晃
为何如此缠绵轻狂
原来，是相伴衰老的阳光

傍晚，你与阳光结伴离去
寒意丝丝侵入心房
枫叶不再点头致意
篁竹也不肯沙沙作响

山林好像进入梦乡
只有泉水依旧快乐地吟唱
风走了，总感觉缺了啥
否则，为什么有点彷徨

染

这个星球是水染的
海是蓝的
河是绿的
陆地,有四种标色轮回

时光是人生的染色剂
青涩、成熟、开花、结果、蒂落
每样
只染一次

人心,被利益熏染
慢慢有了色变
腐烂的叶子
呈黑色

我希望被眼下的环境着色
平静的水,葱郁的木
一条幽径
通往寂静深处

跋　涉

生命，是一场遥远的跋涉
花儿谢了又荣
湖中依然碧波
每一种生命，都有各自的风景

从童年起，我就用自己的眼睛
看着看不懂的世界
从一个平常的出生地
直到作为故乡，眺望于心头

跋涉，永远囿于内心的篱笆
枝头晕染，如烟
就为有朝一日
枯黄，红透，归于泥土

我的行走
时间看得见
不变的跋涉，是一种痴
寻觅于路上

第八辑　春的脚步

这春的脚步声里，夹杂着
流觞的溪水，上扬的嘴角，盈眶的眼神，开裂的牙蕾
我不是大地，但我是大地的孩子
如果虔诚，这些声音都听得到

春的脚步（七首）

（一）

冬于四季中如同漫漫长夜
树裸睡了一个晚上
初春的阳光蹑手蹑脚地踱过来
大地茫然不觉，依然酣睡正香

冬天随着最后一片叶子老去
湮没在流动的时光下
风里有一个暖男说着甜言蜜语
撩拨得湖山心旌荡漾

云在长天一碧的穹空闲逛
今晨，它拥有一份好心情
要慢享这段时光。人世间
忽然在忙碌的烦琐中简化

没有褶皱的湖面是巨大的平面镜
树醒来，看见镜像中的自己
波影折射，眼角
闪过一道明亮的金焰

我的视线，也行走在清晨的
远山、湖畔、草木及天地间

我听到一些声音
从一切可以感知的地方传来

我小心地把雪藏进帽子
向枝头递了一个眼色
告诉它
我心里已吐出一叶绿芽

（二）

昨夜，一株美丽的昙花冻死了
僵于暖窗之外
阳光出现之前
陌上山茶，似乎忧心忡忡

岸边钓竿依次排开
钓翁之意，也含有
于鱼儿咬钩的瞬间
将春花，一并钓起

翠鸟变着声鸣啭，鹡鸰鸟结伴掠过
一串悦耳的铃音，追逐到枝头
忽而，又消失于林间
这林中，无香，无花，也无蝶

水鸟嘴，粘有梅瓣白

群燕无暇聒噪，衔泥，低飞，归檐
鸬鹚吞进一条白鲢
扑棱了一下翅膀，镜碎，花落

水面冒出一个浅浅的表情包
荷在淤泥下说了一句早上好
樱花枝头芳影迟
弱柳犹豫着，踏春尚早

冬季的黄叶像一条条翻白的鱼
何处寄归宿？沉浮
一个季节的落幕是迷茫
另一个季节的开场，则是成长

（三）

今天阳光和春风都爽约了
天色空洞洞的，略带一丝抑郁的
忧伤。失魂落魄的梅花，因瓣的分歧
各自风流云散，一别如雨

桃李海棠蜷缩在一个约定里
并不急于展示粉姿
如同新娘子在出嫁前需保持一点矜持
还有，要耐心等待一些烦琐的仪式

柳树的腰肢目前还很纤细,鸟儿嘴里的气息
让它把持不住地晃来晃去
鸟儿唱着吐出一连串密语,是在传递
察觉到的信息,当然,也是炫耀感知力

山是仁慈的老者,此刻正低头冥想
为何?草木要经历枯萎
为何?大地要承受寒冬
生长的快乐,失去又获得后方可领略

水平静地看着忧郁的穹顶
轻轻载起一叶远舟
安抚近处的浮萍安静入眠
它的深处,同样有生命在悄然萌发

这春的脚步声里,夹杂着
流觞的溪水,上扬的嘴角,盈眶的眼神,开裂的牙蕾
我不是大地,但我是大地的孩子
如果虔诚,这些声音都听得到

（四）

清晨的阳光
漫过山脊、屋顶、树冠、大地、湖泊
报晓的鸟儿
在四处叽叽喳喳

大地掩饰不住脸红心跳
它的心事，被盘根错节的根系窥晓
树佯装不知
从刻痕般的皱纹中抬起眼皮
斜了一眼亲吻疤痕的槲寄生

蜜蜂嘤嘤的示爱声打破初花羞涩的沉静
以采撷之名将深情伪装起来
燃烧的火，扑火的蛾
春色唱着恣意的歌

情窦初开的芳华
在燃烧着，颤抖
阳光如同慈母，呵护着
大地回春时万物的欢欣

云走近海蓝的监视器
碧空如洗，大地一览无余
光天化日之下的一举一动
都被摄取，储存云盘归档

如同生命中所有的梦
一切都亢奋，兴高采烈
勤劳的蜂儿从未想过，在
无垠、透明的碧空自由地飞翔

（五）

春色从盼望到眼前一亮
只不过捅破了一层窗户纸，如同
魔术师的神秘结果，仅隔一块
覆盖的黑布，距揭晓只差掀开的瞬间

墙头，一枝红艳独自穿越
倏然跌进一丛淡淡的鹅黄怀里
殷红的血滴落，溅起
将几绺垂髫晕成一幅醒然的春画

鸳鸯成双入对游弋
在粼粼波光上写意
意犹未尽时，伴着晨光的旋律
舞一曲水上"恰恰"

鱼儿游进疏影横斜
兴高采烈地交谈，用特有的
句式符号表达。传递的符号，随记忆
很快，消失于刹那间

荷于水下保持着足够定力，深谙
亮相最佳时机
年年岁岁，总在最后出场
阅尽春色后，艳压

春季，以如此美好的方式开局
我心里也随之冒出一个念头
去做一朵花，或一枚叶
嗅着泥土的气息，沐着春光

（六）

我在湖畔、公园、山径、田野
从一切春风抚慰过的地方走过
发现，所有的花
都在尽情地炫耀

唯有，樱花的狂欢与众不同
一场接一场花雨
不啻于
一声又一声春雷，于心底震颤

玉兰花身居高枝，窃笑
这飘瓣如雨的任性，是对生命的挥霍
心与樱花似有灵犀相通
谁的青春，不曾有一掷千金的豪横

风轻，瓣落，鬓上点点花白
花在枝上妖娆着
柳在镜里招摇着

我从中间走过，向东，朝北，又往南

陌上换了春衫
年轻人脱下冬装
时光中，一艘漂荡的船
一直，不靠岸

坚冰，于这时节
化融，柔软成绵绵春水
流进心里。我梦见杜鹃声声里
自己是一个荷锄拓春的人

（七）

春天走进了生活，有姹紫嫣红为证
更有雉鸟双双啼，禽虫声声鸣
迷醉的眼睛，远近皆是灿烂的欢乐
还有如梦般的恍惚

生命仿佛是一个圆，又回到了起点
时间是一粒子弹，旋转出来福线
向前。极具讽刺性的是，发明计时的
人类，却一直抱怨时间过得太快

留不住时间，若能留住春天，也好
我把春天放进心里，任岁月连绵不断

任寒冬不时归来，我的心就是春天
四季常青，花开依然

谁能告诉我，春天
是从哪年开始的？无确切答案
但一切都会周而复始。生或老
都是生命即将进入另一个辉煌的开始

我希望是一朵云
乘风而来
把远方的人间烟火
揉进一缕春色

祖先最后的落脚地，叫故乡
自己的落脚地，用灵魂裹起来，藏在心上
黄鹂又唱起歌来。我在歌声里
依然独行天涯

九溪春早（十首）

　　九溪位于杭州城西五云山麓，因由九条山溪汇聚而得名，有风景胜地"九溪十八涧"，其中"九溪烟树"为新西湖十景之一。从北大荒返杭州后，我与家人曾在附近农居赁屋栖身十二年。

（一）

一朵花提前亮了相
因为它
已经忍了一个冬天
一场万紫千红的盛会
如期而至

鸳鸯追逐，并不重于样貌
也许，更在意感觉
看重陪伴、相处和欢愉
它们在清澈见底的水中
婚配，繁衍
仅是快乐衍生出来的一串浆果

（二）

云手挽手

重叠排列
给山围上了一条白绒绒的护腰
它的脚下仍然不够暖和
因为
没过脚踝的溪水
心仍是凉的

草叶上的细珠
故意弄湿了我的鞋面
我俯下身察看
发现它们于昨夜
都幸福地哭过
还急不可待地告诉我
今晨，它们又长出一茬新芽

（三）

九条溪汇成的一片春水
于清晨
闯进由山壑、顽石、杉林布下的
奇阵
它们密谋并设下的曲折、跌宕
此刻
却成了激昂的旋律
欢快的歌唱

大地心跳加速

树着了魔似的窈窕起来

鸟儿一大早就忍不住雀跃

晨光

被直接唤进林间

阳光的问候

让藏身于野草中的

小花

暂时忘却了卑微

玫瑰色的心情溢于言表

微笑着向我搭话

我也用眼神

接住了它们的美意

（四）

风到了春天，心态平和起来

藏起了冬天的嘴脸

还有一些恶行

洗心革面

变得像水一样轻柔

住在溪边的人家

心也轻轻柔柔

太阳醉得满脸通红

被我撞个正着
它总是在夜里酗酒
然后靠一种
叫"鱼肚白"的药解酒
这会儿
我瞅着它酩酊的醉态渐渐清醒过来

几辆汽车从村口沿山路驶过
轮胎碾碎路面的寂寞
村庄里的村民
陆陆续续走出门来
春色就开始喧嚣起来

（五）

九溪的早晨一切都是轻的
时间是轻的
晨光是轻的
溪床轻轻地蜿蜒
茶树轻轻地萌芽
春天的脚步
轻到听不见，却可以看见

一枝红艳兀立墙角
静默
笑而不语

花盆上刻着诗句

无声，飘一缕韵

农舍、茶田、采茶女

家家户户门前的

竹匾里

躺满了嫩绿的青芽

（六）

陋室晨读

没有篱笆墙的院子洒满春光

心醉神迷的

不仅限于眼前的影像

更有

来自田园的恬静

时光轻轻地自然流淌

生活不一定有许多玫瑰

如此，足矣

（七）

若无几声犬吠

我还在梦里游历

我一步一步倒着

走到梦里
梦里挺好，醒来也挺好
一睁眼，是春天

太阳刚从宿醉中醒来
溜进屋来讨水喝
去临窗的桌上寻找
那里恰好有
一杯隔夜茶

听人说过，诗人说过哲人也说过
生活从不刻意薄待或厚待谁
那么，春光来访
岂能有一丝怠慢
奉上一杯新茶
请上座

（八）

鸟儿冒冒失失地闯进檐下
缺乏新意的陈词滥调
唱了又唱
春光逗留在我身上
旖旎
我坐在春光的怀里沉思

同样的春光

照在不同的人

或不同时代的人

身上，是否

会开出不一样的花

娇艳与坚韧

两者的比例

凭岁月的厚薄赐予

（九）

我把思念托付给潺潺的溪流

让它在春天的花海里

找到着落

晨光快乐地在它的流速里

跳跃。如同一段年华

于一片荒芜中，放牧

真正的思念

是沐浴春光时

无数波澜，于心中翻涌

白山黑水

亟待解冻开化

很快，落叶又飘下

雪也飘下

窗玻璃上开满晶莹的花

（十）

春雨与花雨
一起，在心里下着
眼眸里，充盈着潮湿
人心不是岁月
时间越久
有些事情似乎离得越近

船儿像一片叶子，在水上
轻轻地飘着
桨橹默默地写着
寄给过去的话
春天嫣然一笑
温柔地将这些文字
——擦掉

刹那间，明了
已经遗失的时光
何必不断重拾
生命，无须背负过多

东隅已逝，桑榆非晚
心有所爱，眼有溪山
在心里安放一个新的春天
呵，九溪春早

铿锵玫瑰

　　2022年2月6日，第20届女足亚洲杯决赛中，中国女足在开局不利、先失两球的情况下奋起直追，终以3:2力克韩国队夺魁。这是中国女足第九次夺得亚洲杯的冠军，也是中国女足十六年后再次登上亚洲杯冠军宝座。——题记

绿茵上奔跑的玫瑰
刮起一阵中国红的旋风
铿锵的琴键
是十四亿颗心跳的律动

诗行站立起来
举起一束束盛开的玫瑰
华夏欢呼起来
沸腾着奔涌着

我以热泪
迎接新的春天
一个万紫千红的春天
于铿锵有力的锣鼓声中向我们走来

立春的阳光

立春的阳光是母亲温暖的慈祥
漫过漂泊的游子身上
泉声奏出一片碧嫩的草色迎迓
心情像一条溪流淌

我踩过昨夜的霜
把脚印复制在寂寥的石径上
春的赞美已挂满了树杈
陶醉于枝头苞蕾

多少次仰天长啸,叹命运无常
天上的云,收起翅膀
足印,被冰冷的铁锤反复捶打
再用野火淬成钢

天穹无门,心有窗
白山黑水,经年足音的回响
此刻,徜徉在故乡明媚的春光下
心披上了春装,不论在何方

春心萌动

报春花叩开季节虚掩的门
冬天像一张旧封条
从门扉上悄然落下
北方春饼,南方春卷
大江南北不约而同地将春意
放在舌尖上细细品尝

万物萌动了
春蕾在被冻瘦了的枝头上鼓胀
种子钻进开化的土壤下萌芽
归雁的翎羽似风帆张扬
清晨的露珠在叶上闪光
阳光直白地走进万物敞开的心窗

蜡梅亮晶晶的眼神
让屋檐下最后一缕冰凌毅然跌碎
如看透或顿悟
碎而没有破绽
悟而不留答案
一切,都在萌动的春心里生长

致敬春天

我等着这一天
一段凋敝的漫长时光结束
生命蓬勃的时刻到来
大地心潮澎湃，雨醉出柔情无限
风的长笛，催着陌上花开

我把眼光瞄向遥远的东北
那里储存着我的四十个春天
我想将这些储存提现
用它，致敬春天

眼中又燃起蛰伏了许久的火焰
血液的潮汐
推涌一片暗黄的叶子
在午后到夜晚的一瞬间
慢慢走远

我脚下站立的地方
在很久以前
一个春天里
是一个旅程的起点
人生不是直线经常是一个圆
希望装进行囊
重启又一程

孤 山

孤山走不出孤独的寂境
枕一湾风月
就永远放不下
一池水的柔情
但目光可以略过
献媚的花蕾及青青的芳草
遥读堤上飘逸的白苏诗韵
其实，你也是
一首被广为传涌的美丽诗篇

与众多传说依偎
却摆脱不了孑然一身的宿命
幸运的是
岁月可以改变你一时
但终究还是赋予了你
返老还童的魔力

你嫉妒春风热吻每一瓣桃红
你纠结夏柳与柔水的嬉闹
你羡慕秋雁自由地掠过云端
你感慨岁岁落叶飘满了湖面
你看见时间似游鱼
目睹它又一次咬住了春钩

是的，你经历一切，同时也
维持恰到好处的孤独。但这世上
没有一种孤独会永久
点燃桃花的火焰，已越过栖霞岭
掠过西子湖面，妩媚的春姑娘
将投怀送抱，与你相拥

日 历

日历除了记载日期及与之相关的提示
还负责记住遗忘的有关记忆
有时,撕下一页日历
于不经意间就回到了岁月深处

卑微的人,最容易遗忘所经历的痛苦
却总是企望与梦想,那些已很遥远的
播种过的希望,于初春原野的躯体上
开满花,不知名却芬芳的小野花

冬天沿着一条河流向远方
总有一些衰老的叶子像轻舟飘过
辞别岸上枝杈,悻悻离去
犹如黄昏的晦暗,难言之情愫

然而,沉默的枝头
却在迎接又一场邂逅
醉意的春风,相携
纷纷扬扬的雨,如期而至

辞　春

风里，忽然多了一丝燥热
回首，不见了窈窕靓影
红紫芳菲
云里，藏着什么玄机

春随云去时，光阴被痴恋
缩短。所以，夏风
这么快就来了，去油绿的叶上
翻来覆去地抚看

春天的步履其实踌躇了许久
我们的感觉都是相通而非对立的
突然间她离去了，我心怀愧疚
曾在淅淅沥沥的雨中对她抱怨

听

听,骑士掳走春天的蹄声很轻
他将春色蒙在脸上,风度翩翩
剑锋所指,都是春的印记
他不屑与夏打个照面
一抖缰绳,铁蹄轻而坚定的微响不容置疑
春天随他绝尘而去

听,春与夏虽始终窃窃私语
但看起来一切都有条不紊
没有任何遗漏及草率的痕迹
为什么我们对她的离去耿耿于怀
纠结于她不辞而别。因为我们只顾
喧嚣,忘了倾听她的内心

第九辑　知了叫了

十年隐忍，依偎着酷暑严寒
　　兑换半个月的尽情释放
给初夏斟一杯琥珀色的白兰地

知了叫了

今年第一声蝉鸣
声音稚嫩且有几分胆怯慌张
三鸣后忽然静默,像三次
发声练习,或演唱前的清嗓

细雨不合时宜地飞扬
无声遏制了有声的畅想
是雨的嫉妒,还是蝉的懦弱
世间难免有莫名的惆怅

十年隐忍,依偎着酷暑严寒
兑换半个月的尽情释放
给初夏斟一杯琥珀色的白兰地
流溢的光彩庄重地发自心底

每一个生命都有属于自己的传奇
黑夜孕育白昼,沉默孕育爆发
一声于哭泣里脱胎的笑音
惊醒岩壁上的铁树,提前开了花

迎 夏

昨日闲看湖景
桐柳榆柏联袂成荫
鹡鸰鸟尖叫着掠过湖面
蝉正破壳,对短暂的新生
充满期望

今晨风雨交加
夏的气息扑面相撞
雨丝一改春闺里的羞涩
似断线的珠子
落地成花

昨尚在春,今即立夏
用一场雨
作为季节的交接式
是否在明示:羞涩,不再是季节的韵脚
夏花,加快了心跳

雨歇,天宁树静
谁都不言,俱打着腹稿
残水滴落,清晰可辨
心底有露珠、浮沫、涟漪
如何沉淀

小 满

喜鹊亮起了金嗓子
迫不及待地告诉人们什么好消息
哦，今日小满，江河易满
人生何来意满？难

大地尚在梦乡
万物不敢扰动
这不识时务的雀儿
一定是在为"金嗓子"做广告

你看这池水，静得像死水
你看这树，一副从容的样子
风不来
它于水中的倒影，绝不动一下

我的跫音亲吻满地碎花
我不想惊醒蛰睡的尘世
在一切自诩高大的水泥森林包围下
我看不见地平线最初的光

庚子端午

庚子端午,晨雨如注
冲洗一切污垢,不过
它也摧花折木,缺少一点儿怜悯之心
鸟儿不语,并非明哲保身
它们的嗓音,实在
抵不过骤雨的喧闹

龙舟避雨去了
凭吊?多数人不过是图个热闹
蒲酒祭魂,也祈升平,艾符与粽叶
一直飘着远古飘过的一往情深
雨中一声雷
龙舟想起了见识过的历史惊涛

窗外山色空蒙
迷蒙水雾里藏着一片柔情,缠绵了视线
把我的思绪牵进岁月的河
而我的肉身却临窗静坐
直到又一声雷响,我回过神来
岁月的河并未回头,抛下我走了

立 夏

树梢
在阳光下点了点头

风温柔的手
调皮地揭开湖的妆容

水皱了一下眉头
荷将卷曲的身子舒展成一个圆

我半生的过往
似在这一瞬间,也回到原点

尘寰繁华
新生的荷,凋落的花

渐深渐浓的绿意
享受被阳光加冕的惬意

初　晴

晨风吹过
天空被夜雨洗过
清新的气息像无数蔓生的藤
在空中，在地上，在花木身旁
蔓延伸展，一片生长的惬意

云脱下御寒的夹衣
山河如一幅水墨图
时间在天上留白
一支点睛之笔
在朦胧的意识里挥动

啄木鸟的敲击声碎裂在
飒飒作响的枝柯里
喜鹊衔着风铃穿过檐角
夜雨初晴，不光是一道景色
而是，一种生命的形态

我愿化作流云一朵，在蓝天
俯瞰青青的柳色
听风儿轻轻地吟唱
那歌声里有甜甜的微笑
勾起我一段美好的回忆

钓

抛下一饵，等
鱼竿细长，线更长
拴住钩，牵着心
愿者上钩

闲适，是一种心境
水面波澜不惊
是非名利
似被茂枝浓荫遮蔽

饵里藏钩，我知，你知
鱼儿也知
健忘是一种病态
咬钩，一场病态酿成的灾难

水是健忘的
树也是健忘的
人更易忘却无处不在的长线及钩
还有香饵

风

颠沛流离的风
过多地领略了世间冷暖
但不失理智
恪守季候的规则

所以，它送来暖空气
夏虫朝菌
在轻摇的叶下，温润的枝上
欢娱

雨是夏风的随从
与清凉一并附赠
一阵风牵出的思绪
有雨，也有花

风，有迹可循
思，有千万种逾越
无声恰是最柔软的风
思亦无声

忆

不告别五月
如何迎接一颗
复活的童心

天色依然是一张朦胧的底片
回忆的显影剂
还原了系着红领巾的童年

昨夜的雨，今晨令我凝目
动情的语言，煽情的泪水
都留给六月的梅雨吧

幸福如同路旁盛开的绣球花
默默地开放
无声地美丽

梦中播下的种子
在不断地成长
生活，从未熄灭一念的自由

这个日子里的任何回忆或遐想
都是送给自己的礼物
好与不好，唯有自己界定

雨　后

涤净村落的，是一场略带夏季余温的雨
瓦染青墨峦生岚，是它洗涤功能的
广告语
邻家篱上蔓叶新
心里的积尘
一同被冲洗干净

风加了把劲
但不带一丝寒意
衣衫飘逸起来
爽出了些许轻薄

村里的姑娘
是我于心里一直称呼的"小花"
此刻，她们占领了横亘于溪涧的
石板以及突兀的便于落脚的溪石
甚至裸脚站在溪床
把洗涤当作一场聚会

"小花"们把床单往空中一扬
像撒开一张渔网，落下时
水中浮起一朵朵云。恰巧
雨过天晴，蓝天上也飘着几片云

溪

曾流连于山涧
迷恋闲游仙隐
也尽享日月星辰，及秀岚林荫
聚成一片粼粼后，便有了追求
要去看一看海
从此，一刻也不得消停

一次又一次经历落差
咆哮怒号，震荡山林
人却夸是好风景
然而，你的风景以及
人们看到你的最美的风景
还是那一泓平静

夜晚，邀一镰弯月入明镜
空寂，冥想，各沉吟
林壑幽清，自有一番心境
想去溯源穷流
你的初心与我的彷徨
或许，会有一些相近

秋　韵

时光在不知不觉中被染成橙黄蓝紫
秋韵酿成一杯酒
斑驳的醉意在叶尖上摇晃
菊已酩酊，桂也吐馨

叶与根到了曲终人散之时
每次阔别，恋恋不舍的语重心长
一直说得枝干叶燥。感恩，归根
是永不枯竭的话题

其实，叶子的记忆
要短于鱼的七秒
一转身即随风而去
把承诺忘得一干二净

醉不倒的风
永远一副风流倜傥的模样
它是串起一切秋韵的缙
也常散落，所以一地金黄

桂　缘

初识桂，是儿时条头糕[1]上细碎的花
印入脑海的，是少时一杯
甜润香沁的茶
糖渍的花瓣
在杯中缓缓舒展
味蕾的记忆里始终删不掉

长大，崇尚四海为家
塞北寒墙上
幽香是一幅画
灯下，空杯以对
似闻花落，想家的念头
就停在静夜的墙上

我不去想，甚至从未认真思考过
回归故乡，这让我很难堪地面对
豪言壮语，以及惋惜
为此而浪费的宝贵时光
虫二[2]，无涯可慰颜
一切都在花前树下释怀

一阵接一阵的香溢

---

[1] 条头糕，南方一种糕点，糯米制成，条形，上点缀干桂花。
[2] 典出杭州西湖湖心亭碑刻"虫二"。相传为清乾隆皇帝所题，取自繁体字"风月"二字的中间部分，把外框去掉，寓意"风月无边"。

源自地下的脉络吐纳
我也有根，在故乡
我是从祖辈的根系上慢慢生长出的
一茎。我的生命及一切
与桂有缘，似乎还有一点相通

我还有一个故乡是北大荒

静 谧

中秋将近，月色要为那一夜的圆满蓄能
不是玉兔偷懒，不怪嫦娥无聊
无风，一片叶子呈翻滚状坠落
暮色耸耸肩，一脸无奈

水中，倒影昏暗，蛙静默
乡居恬静，蟋蟀却互相指责起来
它们可能遇到了一些磕磕绊绊
偶尔，还有几只蝉跟着鸣叫

旷谧思亲远，径直
穿越七千里，回到那一片黑土地
又遇丰年。有时候我们很容易忘记
那些年，却一直在那里

路灯效法星星，蹩脚地眨起了眼
没有月光的路还很长
在充斥着离经叛道和反智的时空里
我盼望一片皎洁的月光

爱情鸟

择一片绿荫做被
在枝头的床上
缠绵

爱意
溢满枝叶围起的
内墙

两只小鸟的世界
周围的一切
皆多余

叽叽喳喳
是争吵吗？
那也是爱的一部分

有人说："世间的一切都是遇见……"
鸟心中最美的遇见
是今天……

没有伪装
只有内心的真实
春风十里不如相偎相依

我还有一个故乡是北大荒

  这鸟笑起来的样子很傻
  那鸟的眼神有点湿润
  但，都心领神会

  这鸟说："有人在偷窥。"
  那鸟说："休管他。"
  先让咱俩好好爱一回

循　环

秋，渐渐深了
从荷的枯度上我读出了秋的深度
水用怜悯的手轻抚它们，包括
其他落入湖中的叶与花瓣

这个季节的风刃都是冷酷无情的
每一片叶子都强调自己与众不同
很可惜，在肃杀的锋刃入鞘之前
它们的命运都是相同的

风不是主宰，只是某种运行的一环
风知道，但风不解释
你，我，他，人人都知道
都认为不必说，四季皆安然

春天，风换上一副温柔的面孔
对过去的事也不提起，更不解释
草木重新发芽、开花，已经习惯
苍天对命运的安排

风　中

风诉说衷肠时有点激动，浑身颤抖着
除了寒意，我一句也听不懂
摇曳的枝头可能在对落叶说
伤了你的身，却乱了我的心
我从它们的肢体语言中猜出这一答案

西湖皱起眉头，参不透
天空的表情，是深沉，还是苍凉
这些天，天宫的职能部门沟通不畅
一阵寒雨一阵风
我几番把秋裤脱下又穿上

风中，我与许多花相遇
她们在花坛上，在瑟瑟凉风里
看我。而我混迹于人群中看她们
风很无趣
于最陶醉的时候把我吹醒

断想如冷风里飘忽的雨丝，抚过
居所门前那株丹桂
清晨，已吐出一茬新芽
它用根，将生命就地掩埋
会走路的都是盆栽

我看见

我看见秋突然急匆匆跑来
一改姗姗步态
于暮色中绊了一个踉跄
残花惊恐微颤
泪滴落满风雨交错的祭台

芳魂在暗空中舞旋
山花浪漫的一切
宛然犹在眼前
楼廊、湖岸、山脊、云彩、地平线
飘逸得看不清界线

我看见和风擦肩而过
感觉我和雨扑面相迎
脸上拂过清冷的吻
心里透着寒凉
孑身行走于空旷的长街

我看见风声中夹着夏逃离时回眸的一束亮
霜降把来临日期写在雨的脸上
足印在落叶上黯然伤神
转过身去，枝头不再年少轻狂
菊花闪着泪，神色忧伤

天 气

这些天她一直哭,今天露出了一丝笑容
风儿顺着她的脾气,小心翼翼侍奉左右
阳光从云隙侧身一瞥
迟来的秋
急于追赶耽搁的行程
加速播撒属于这个季节的颜色

我推开窗
感觉像冬天吹着冷空调
却飘着淡淡的桂花味道
植物在经历一场温差失控的煎熬
羸弱的落叶像失恋的人
心在凄凉地飘

咕咕鸟重复着单调而低沉的叫声
山寺钟声从远处飘来
微妙,悠扬
梧桐叶的表情,是节候的图表
越镇定自若,越暴露了心焦
叶子于此时,跳起年年都重复的旧舞蹈

窗外,那株银杏看上去有点蔫头耷脑
它在被风嘲笑,或许还有一丝自嘲
其实,它挺在乎

同类嫉妒的目光及世俗的赞美
用伤痛和失血熬成的金黄
掩饰心底翻涌的惊涛

观菊展

桂花谢了
还有花儿争奇斗艳
你只需敞开怀抱
为登台的每一个主角捧场

菊花黄得很艳，也有红的、紫的、白的
甚至绿的
在园丁的组织下
集体亮相

盛开于路侧的
是列队欢迎的普菊或野菊
它们吸引眼球，适合
同框，到此一游

名媛均立于廊下
精美的瓷瓶旁边
矜持地保持微笑
面对所有特写镜头的聚焦

清风、阳光、鸟儿
共舞灵动的画卷
碧潭倒影里
一年四季都有花开

霜　降

北国——
昨夜的露
今晨开出一片碎白的花
叶子把苦涩的泪
哭干，留下一层
晶莹

风呼啸着
吹开江涌的浪花
庄稼熟透了
发出开裂的声响
手机屏幕上
重复着霜降的神往

而南国——
阳光刚换上色彩斑斓的衣裳
爱意在山脉、湖泊、旷野——
及一切可达的地方徜徉

水感动了，闪着含情脉脉的泪光
山依旧薄衫轻装
飞过的大雁
是否在寻找久违的他乡